L'ÉNIGME DU SOMMET NOIR

Données de catalogage avant publication (Canada)

Cavezzali, Lucia

L'Énigme du sommet Noir
(Caméléon)
Pour les jeunes de 9 à 11 ans.
ISBN 2-89428-677-5

I. Titre. II. Collection: Caméléon (Hurtubise HMH (Firme)).

PS8555.A877E54 2003   jC843'.6   C2003-941564-3
PS9555.A877E54 2003

Les Éditions Hurtubise HMH bénéficient du soutien financier des institutions
suivantes pour leurs activités d'édition:

- Conseil des Arts du Canada;
- Gouvernement du Canada par l'entremise du Programme
  d'aide au développement de l'industrie de l'édition (PADIÉ);
- Société de développement des entreprises culturelles au Québec (SODEC);
- Gouvernement du Québec par l'entremise du programme de
  crédit d'impôt pour l'édition de livres.

Éditrice jeunesse: **Nathalie Savaria**
Conception graphique: **Marc Roberge**
Illustration de la couverture: **Anne Villeneuve**
Mise en page: **Folio infographie**

© Copyright 2003
Éditions Hurtubise HMH ltée
Téléphone: (514) 523-1523 • Télécopieur: (514) 523-9969
www.hurtubisehmh.com

Distribution en France
Librairie du Québec/D.N.M.
Téléphone: 01 43 54 49 02 • Télécopieur: 01 43 54 39 15
Courriel: liquebec@noos.fr

Dépôt légal/3e trimestre 2003
Bibliothèque nationale du Québec
Bibliothèque nationale du Canada

Imprimé au Canada

LUCIA CAVEZZALI

L'ÉNIGME DU SOMMET NOIR

HMH

CAMÉLÉON

Lucia Cavezzali est née au Québec, à Val-David dans les Laurentides.

Après des études collégiales en lettres françaises et en tourisme, elle s'est perfectionnée en illustrations et en graphisme à l'Académie des Arts de Montréal. Elle travaille comme agente de bord pour une compagnie aérienne depuis plusieurs années.

Passionnée par la lecture, l'écriture et le dessin, Lucia est aussi fascinée par l'imagination des enfants dont ses livres témoignent. *L'Énigme du sommet Noir* est son troisième roman pour les jeunes, après *Le Mystère du moulin* et *Opération Juliette*, publiés dans la même collection.

À Nathalie et à Marco

En route pour l'auberge !

Cet hiver, pour la semaine de relâche, Francis, mon ami d'enfance, Simon, mon grand frère, et moi-même avons accepté l'invitation d'Annie, ma meilleure amie. Sa mère, Carole, a pris une semaine de vacances et nous emmène passer huit jours à la montagne pour profiter des sports d'hiver.

Depuis cinq ans, l'oncle et la tante d'Annie possèdent une charmante auberge située en plein centre d'un réseau de pistes de ski au cœur des Laurentides. Mes parents et Marc, le père de Francis, vont venir nous rejoindre le week-end suivant. Même Boff, le gros chien de Francis, est du voyage. Cathy, la tante d'Annie, a dit qu'il y aurait une niche pour lui derrière l'auberge, tout près de leur maison.

— Vous allez voir comme l'endroit est joli, nous explique Carole en conduisant. L'ambiance y est chaleureuse et la nourriture… un pur délice !

— Ça y est, j'ai gagné ! s'écrie Annie en apercevant une borne-fontaine, dernier article à trouver sur sa carte de bingo de voyage.

Cela met fin à notre partie.

— Bravo, mademoiselle Martin, dit Francis en lui remettant solennellement une tablette de chocolat fourrée à la praline, prix du grand gagnant.

J'ai très hâte d'arriver ! La route a été longue, mais maintenant le paysage est de toute beauté.

— Wow ! Avez-vous vu ces montagnes ! s'exclame mon frère. J'ai hâte de faire de la planche à neige. C'est toujours demain que je te donne ta première leçon, Marika ?

— Oui, bien sûr.

Depuis le début de l'hiver, j'ai fait pas mal de ski, mais j'ai décidé de commencer la planche à neige cette année. Le nez collé à la glace de l'auto, j'admire ce qui s'offre à mes yeux. Le vert forêt des conifères contraste avec la blancheur immaculée de la neige et, à l'approche du village de Saint-Paul-des-Monts, des dizaines de chalets surgissent, avec leurs couleurs vives. Le clocher de l'église qui se dessine sur l'horizon semble sortir tout droit d'une carte de Noël.

— Il ne manque pas de neige par ici, constate Francis. Ça va être génial !

— Moi, dit Annie, j'attends impatiemment l'après-ski, bien assise au salon devant un feu de foyer avec un chocolat chaud et les super beignes maison enrobés de sucre en poudre. Un vrai régal !

La rue principale est très animée. De nombreux touristes visitent les commerces dont les affiches sont toutes en bois peint et en fer forgé.

Après une montée abrupte et sinueuse, le chemin se rétrécit et débouche sur une allée bordée d'arbres; nous arrivons à destination.

— «*Auberge du sommet Noir*»: nous y voici, annonce Carole.

L'immeuble en impose avec ses trois étages où se marient le brun du bois et le blanc du crépi. Des balcons aux motifs ajourés et les volets verts qui décorent les fenêtres soulignent son style alpin.

Grand et costaud, avec une chevelure abondante et bouclée, l'oncle Thomas nous accueille chaleureusement dans l'entrée.

— Bienvenue chez nous! Avez-vous fait bonne route?

Thomas est un homme jovial et sympathique. Sa femme, Cathy, toute menue à côté de lui, ne peut cacher ses origines irlandaises avec ses cheveux fauves qui encadrent un visage au teint pâle et parsemé de taches de rousseur. Une fillette à la tignasse rousse et frisée, l'air espiègle, nous examine tour à tour de ses grands yeux verts. C'est Sarah, la cousine d'Annie.

Après les présentations et les accolades, nous nous inscrivons à la réception, puis Cathy nous conduit à nos chambres. Sarah s'empare du sac à dos d'Annie et nous précède dans l'escalier.

— Est-ce que tout va bien? demande Carole en marchant. Mon frère m'a paru fatigué et amaigri.

— Thomas a des tracas ces temps-ci, lui répond Cathy. M. Dutoit, un promoteur, nous harcèle pour acheter notre propriété. Il veut en faire un ensemble résidentiel. Il a déjà acquis plusieurs terrains aux alentours, mais le nôtre l'intéresse particulièrement en raison de son emplacement et de la montagne adjacente. Nous n'avons aucune intention de vendre, mais cet homme est très riche et tenace… Enfin, nous en reparlerons ce soir. Bon, vous y voici. Bonne installation! Je vous revois tantôt dans la salle à manger. Le souper est servi à dix-huit heures. À plus tard!

Cathy s'éloigne, sa fille sur les talons.

— Elle est mignonne, ta cousine, dis-je à Annie.

— Oui, et très dégourdie pour ses neuf ans. Je l'aime bien.

Nous avons deux grandes chambres communicantes. Une pour Carole, Annie et moi, et l'autre pour Francis et Simon. Les lits superposés sont recouverts d'épaisses douillettes aux motifs fleuris qui s'agencent avec les rideaux. De belles photos de scènes d'hiver décorent les murs et une porte coulissante donne accès à un balcon avec vue sur la montagne. Dans la salle de bains, les serviettes sont disposées avec soin. Savons et shampoings nous attendent dans un petit panier d'osier. Je jette un coup d'œil à ma montre.

— C'est super, il n'est que quatorze heures. Que diriez-vous qu'on s'installe et qu'on aille ensuite explorer les alentours ?

— Bonne idée, me répond Francis.

— D'accord, acquiesce Annie.

— J'ai le temps d'aller faire quelques descentes! s'exclame Simon. Je vous retrouverai au souper.

De son côté, Carole préfère profiter du reste de l'après-midi pour faire une sieste et se détendre.

Nous défaisons rapidement nos bagages et nous nous rendons au salon. En passant près du bureau de l'oncle Thomas, nous croisons un gros monsieur trapu au crâne dégarni. Il porte veston et cravate et semble contrarié. Une jeune femme blonde l'accompagne. Elle tient une mallette noire dans une main et, dans l'autre, un téléphone cellulaire qu'elle referme d'un coup sec en passant près de nous.

— Il va voir de quel bois je me chauffe, celui-là! ronchonne l'homme. Ma patience a des limites. Comment peut-il refuser une telle offre? Blitz va être furieux, il tient absolument à avoir cette montagne et...

Je n'entends pas le reste de la conversation.

— Je m'inquiète pour mon oncle, nous confie Annie. Ce doit être l'acheteur dont parlait ma tante tout à l'heure. Qui sait de quoi ces gens sont capables pour arriver à leurs fins ?

— Il faudra garder l'œil ouvert. Pour l'instant, profitons de nos vacances, dis-je en entraînant mes amis vers la salle de jeu.

Après quelques parties de ping-pong, nous enfilons bottes et manteaux pour faire le tour des lieux. L'auberge se trouve au centre de tout. À sa droite, on voit les remontées mécaniques des pistes de ski alpin ainsi que l'entrée de tout un réseau de sentiers pour les randonnées dans la forêt. En face se dresse le chalet de ski, qui abrite un restaurant et une boutique de sports ; plus à gauche s'étend le station-nement. Derrière le bâtiment principal, un hangar sert à entreposer des motoneiges et du matériel d'entretien. Tout au fond, on aperçoit la maison de l'oncle Thomas, du même style que l'auberge. Je sens que cet endroit va me plaire.

À notre retour, Sarah, qui nous a rejoints, nous propose une visite complète de l'auberge, de la cave au grenier. Nous visitons d'abord les étages, puis le rez-de-chaussée. Une odeur de basilic mêlée à l'arôme du pain qui cuit nous guide vers les cuisines.

— Cette odeur me donne faim, constate Francis.

— Wow! C'est toute une installation, dis-je en découvrant cette section plus moderne de l'auberge.

Tout y est impeccable. Poêles et réchauds occupent un pan de mur auquel sont accrochés une série de chaudrons de tailles diverses. Les tables de travail se trouvent au milieu de la pièce et, en face, il y a la section réfrigération et le lave-vaisselle. Jean, l'aide-cuisinier, s'affaire à couper des légumes. En quelques coups de couteau, il transforme tomates et concombres en de jolies décorations pour les assiettes.

Sarah nous présente Gustave, le chef, vêtu de blanc et coiffé d'une toque. C'est un homme grand et mince au nez proéminent. Je suis très étonnée, car je croyais que les cuisiniers étaient toujours ronds et bedonnants. Gustave taquine Sarah.

— Hé, ma rouquinette ! Tu m'amènes de la compagnie. Qu'est-ce que tu vas me demander pour tes oiseaux cette semaine ? ajoute-t-il avec un charmant accent marseillais.

— Du poisson, ce serait bien, répond Sarah. Je t'assure, ils aiment beaucoup ça, continue-t-elle devant l'air perplexe de Gustave.

Ce dernier nous explique que la petite a installé plusieurs mangeoires à côté du premier refuge et que c'est maintenant le carrefour préféré de toutes les espèces à plumes de la région.

— Je comprends, fait-il en riant, elle leur sert un menu de choix.

Nous laissons le cuisinier à ses chaudrons et descendons au sous-sol. Entre le vestiaire des skieurs et la salle de jeu, nous apercevons une porte fermée à clé.

— C'est le bureau de Germain, le gardien de nuit. Il défend à tout le monde d'y entrer. Mais moi… je le peux, annonce fièrement Sarah en brandissant une clé dorée. J'ai emprunté un passe-partout.

— Ce n'est pas bien, Sarah, la réprimande Annie. S'il nous surprenait?

— Pas de danger! Il n'y est pas à cette heure-ci, il arrive plus tard dans la soirée. Venez!

Curieux, nous entrons dans la pièce. C'est de toute évidence le lieu de travail d'un homme organisé qui doit voir à l'entretien général. Sous un plan détaillé de l'auberge et des alentours, le gardien de nuit a suspendu des clés identifiées par des annotations à la main sur le mur. Manteau chaud, bottes et mitaines en cuir se trouvent près d'un coffre à outils. Quelques livres et des papiers recouvrent le bureau. Un bloc-notes avec l'en-tête de la compagnie *Blitz excavation* attire mon attention. J'ai entendu le promoteur prononcer ce nom un peu plus tôt.

— Papa soupçonne Germain de prendre parfois un petit verre après sa tournée et d'en dormir des bouts, nous confie Sarah en nous montrant deux bouteilles de vin qui traînent dans un coin. Malgré tout, il fait bien son travail. Il y a déjà trois ans qu'il est ici. Il déteste les animaux. Avant, il était braconnier; il a une grosse cicatrice sur une jambe à cause d'un ours. Bien fait pour lui. Une nuit, je l'ai même vu tuer un chat.

— Tu te promènes la nuit! s'exclame Annie.

— Heu… Oui, mais je n'ai pas peur. J'aime suivre Germain en cachette quand il fait sa ronde. D'ailleurs, il a un secret et je l'ai entendu dire qu'il allait recevoir beaucoup d'argent. Je sais aussi que Gustave, le cuisinier, va se servir un petit cognac au bar quand il croit que tout le monde est couché.

— Est-ce que tes parents sont au courant de tes sorties nocturnes? demande Francis.

— Bien sûr que non. S'il vous plaît, ne leur dites rien. Ils se mettraient à me surveiller.

— Il est dix-huit heures, on ferait mieux de s'en retourner avant que quelqu'un nous trouve ici, fait Annie.

— Oui, tu as raison. Merci pour la visite guidée, Sarah, dis-je. J'aimerais bien jouer aux espionnes avec toi un soir, on pourrait s'amuser.

— Si tu veux, me répond-elle en remontant l'escalier.

Des suspects sur la liste

Le souper est délicieux et la conversation à table va bon train. Chacun raconte ce qu'il prévoit faire durant la semaine. Tout en mangeant, j'observe discrètement les autres clients : un jeune couple d'amoureux, une famille avec deux petits enfants plutôt turbulents, un monsieur à la barbe et aux cheveux grisonnants assis seul à une table.

— Comme elle a l'air bête, celle-là, me chuchote Annie en me montrant du regard une adolescente attablée avec sa mère.

Le nez dans l'assiette, la jeune fille picore quelques bouchées d'un air blasé, en ignorant complètement son vis-à-vis. Un peu plus loin, un monsieur en fauteuil roulant semble bien s'amuser avec la dame qui l'accompagne. Son rire bruyant fait tourner quelques têtes. Ils ont un style assez particulier, lui avec ses bottes de cowboy et elle avec ses bagues à chaque doigt.

— C'est son infirmière, me confie Annie, la spécialiste des potins, en désignant la dame aux bijoux.

Juste à côté de nous, un couple qui semble vouloir rester à l'écart échange quelques paroles dans une autre langue. Carole croit que c'est du russe. À la fin du repas, Cathy se joint à nous pour jaser.

— Quelle journée! dit-elle en s'assoyant. Ce matin, nous avons eu un dégât d'eau dans la salle de lavage. Le plombier nous a affirmé qu'on a percé des tuyaux de renvoi à plusieurs endroits avec un objet pointu. Ensuite, Gustave, notre chef cuisinier, était dans tous ses états, car un des camions de livraison ne s'est pas rendu. Le patron de la boucherie affirme avoir été avisé hier soir d'annuler notre commande. Nous avons vérifié avec la compagnie de téléphone et l'appel provenait bien d'ici. On dirait que quelqu'un cherche à nous nuire. L'auberge se remplit demain pour la semaine, j'espère que tout ira bien.

— Parle-moi donc de ce fameux promoteur ? demande Carole.

— C'est M. Dutoit, un homme qui, parce qu'il a beaucoup d'argent, croit que tout s'achète. Son projet est intéressant, mais il semble subir beaucoup de pression depuis qu'il s'est associé avec les dirigeants de la compagnie d'excavation Blitz. Ces gens-là, encore plus riches que lui, sont désireux de s'approprier tous les terrains des deux montagnes. Thomas essaie d'en savoir plus sur leurs intentions, mais bien des détails restent flous. L'environnement ne semble pas beaucoup les préoccuper. Nous ne voulons pas nous retrouver entourés de condos. Ça devient inquiétant.

Annie et Francis me jettent un regard complice. Notre séjour s'annonce doublement intéressant.

Nous laissons les adultes bavarder et allons trouver Robert, l'animateur, au salon. Cheveux bruns, yeux très noirs, il est plutôt beau garçon. Musclé mais pas très grand, il dégage une énergie qui invite à participer. Il annonce les activités prévues pour les prochains jours, entre autres un tournoi de ping-pong, une randonnée aux flambeaux et un tour de carriole.

Bien calée dans un divan, je sors mon calepin de notes et mon crayon.

— Qu'est-ce que tu fais, Marika? me demande Annie.

— Cathy a dit que l'auberge se remplit demain. Elle m'a confirmé qu'à part nous, tous les clients présents au souper de ce soir sont arrivés depuis hier. Je prends leurs noms en note. Si d'autres méfaits se produisent, on saura qui était déjà ici.

— Bonne idée, approuve Francis.

Annie s'éloigne un court instant et revient avec une feuille qu'elle brandit fièrement sous mon nez.

— Voilà qui va t'aider, déclare-t-elle. J'ai posé quelques questions à Maryse, à la réception. Je la connais bien. Prends note : il y a le barbu, Pierre Laroche, un client régulier ; Louise Caron, accompagnée de sa fille Roxane, dite l'air bête ; Paul Lebeuf, l'homme en fauteuil roulant et son infirmière, Agathe Patenaude ; les Petrov, le couple russe ; la famille Samson aux enfants turbulents ; et pour finir, Léo et Jasmine, le couple d'amoureux.

Une fois la liste des clients dressée, j'écris aussi le nom des quelques employés qui sont de service. L'animateur, Robert. Il en est à sa première année à l'auberge ; à la cuisine, Gustave et Jean, son assistant ; Murielle et Cécile, les femmes de chambre ainsi que Corinne et Antoine, au service des tables.

— N'oublie pas Germain, le gardien de nuit, ajoute Annie. Je sais qu'il commence sa tournée à vingt-deux heures et termine son quart de travail à six heures.

Le souper est maintenant terminé et tout le monde se retrouve près du foyer. Devant le feu qui crépite, nous écoutons l'oncle Thomas nous expliquer, à l'aide d'une carte des environs, l'origine du nom de l'auberge et relater certains événements qui remontent à quelques années.

— La « montagne Blanche », la première, est celle où vous pouvez skier et faire des randonnées. Elle m'appartient entièrement. Celle qui est derrière est surnommée le « sommet Noir ». Puisqu'elle est moins haute, le soleil n'atteint jamais sa cime et elle reste toujours dans l'ombre. Quelques sentiers y donnent accès, mais peu de gens tentent l'aventure, car sa forêt de conifères est si dense qu'on peut s'y perdre facilement.

— À qui appartient cette montagne ? demande Annie.

— J'en possède un versant. L'année dernière, une compagnie étrangère, *Blitz excavation*, a acheté la majeure partie des terrains de l'autre côté. Elle en a fait une gravière*. Elle a ouvert un chemin l'été dernier pour permettre aux camions de transporter le gravier retiré de la montagne.

— Les « grottes de l'ermite » : qu'est-ce que c'est ? demande Francis en pointant le nom sur la carte.

— Ce sont des cavernes situées au centre de la montagne, répond Thomas. On raconte qu'il y a une quinzaine d'années, un homme du nom de Jeff Bradley s'y rendait régulièrement. Les gens d'ici l'avaient surnommé « l'ermite » parce qu'il vivait seul et partait en forêt durant de longues périodes. On le voyait passer avec son sac à dos, sa lampe frontale et son éternel foulard rouge et blanc autour du cou. Il trouvait refuge dans les abris de bois rond prévus pour les skieurs de fond et les randonneurs. L'ermite disait qu'à certaines heures du jour et les soirs de pleine lune, les parois d'une des cavernes brillaient de

* Gravière : endroit d'où l'on extrait le gravier.

mille diamants et que c'était de toute beauté. Il prétendait aussi qu'il était très dangereux de s'aventurer à cet endroit, mais je n'en connais pas la raison. Les quelques rares curieux qui y sont allés ont affirmé à leur retour que les pierres précieuses devaient être le fruit de son imagination et qu'ils n'avaient rien trouvé à part de l'eau et de la boue.

— C'est la pleine lune dans quelques jours ! s'exclame Francis.

Je lui souris en acquiesçant de la tête et je continue d'écouter le récit.

— Donc, pour finir mon histoire, poursuit l'oncle Thomas, un jour, deux comparses inconnus dans la région ont entraîné Jeff dans un bar et l'ont fait boire afin d'en savoir davantage. Après plusieurs verres, il leur a expliqué qu'ils devaient suivre le sentier identifié par les carrés rouges s'ils voulaient se rendre aux grottes. Il leur a dit que ces cavernes représentaient un trésor inestimable et qu'il fallait les protéger. Tôt le lendemain, il est reparti vers la montagne. Les deux hommes, avides d'argent, l'ont suivi, probablement avec de mauvaises intentions. Un seul est revenu, souffrant de graves blessures et d'un choc nerveux. Malgré les recherches entreprises, on n'a jamais retrouvé l'autre homme. Un ours les avait attaqués. Les gens ont supposé que l'ermite avait subi le même sort, car personne ne l'a plus revu par ici. On aperçoit parfois une lueur au sommet de cette montagne. La légende veut que ce soit lui qui revienne hanter les sentiers... mais qui oserait aller vérifier !

— Personne n'a suivi les carrés rouges depuis ? s'informe Francis.

— Bien sûr, répond Thomas, mais ce sentier ne mène pas jusqu'aux grottes. Je suppose que l'ermite ne souhaitait pas que ces hommes s'y rendent et qu'il les a induits en erreur. Qui sait ? Je vous laisse maintenant avec Robert, que vous avez probablement tous rencontré, termine Thomas en désignant l'animateur qui s'est rapproché.

— Y a-t-il encore des ours dans la région ? demande Annie inquiète.

— Non, je ne crois pas, répond Robert. Avec tous les nouveaux développements et l'activité dans les alentours, à part des oiseaux et quelques écureuils, on ne voit plus aucun animal dans les parages.

— Qu'est-ce que tu nous as préparé ce soir, mon cher Robert ? interrompt Agathe Patenaude qui entre dans le salon en poussant le fauteuil roulant de M. Lebeuf.

— Une randonnée aux flambeaux, lui annonce-t-il. Nous allons marcher jusqu'au premier refuge, qui se trouve à environ une demi-heure d'ici. D'ailleurs, ajoute-t-il en regardant sa montre, je m'adresse à tous ceux que ça intéresse : nous partirons dans vingt minutes, à vingt et une heures précises. Rendez-vous devant le hangar.

— Ça va être *cool* ! dis-je en enfilant mes bottes.

— Je suis curieuse de voir qui viendra, me glisse Annie déjà prête à sortir.

Quand nous rejoignons le groupe, une dizaine de personnes entourent Robert qui s'affaire à distribuer les flambeaux. Ce sont des boîtes de conserve fixées au bout d'un bâton et remplies d'étoupe arrosée d'un peu d'essence. Une fois allumés, il faut les tenir bien droits.

Agathe Patenaude arrive emmitouflée dans un long manteau de fourrure. Sarah la fusille du regard.

— Ne t'en fais pas, ma colombe, c'est du synthétique, explique Agathe en caressant la queue de raton laveur qui pend de son chapeau.

Nous nous apprêtons à partir quand je remarque Roxane, l'air bête, qui sort de l'auberge et se dirige vers la cabine téléphonique du chalet de ski.

— Il y a deux téléphones publics à la réception et un dans chaque chambre. Pourquoi va-t-elle si loin pour appeler ? dis-je à Annie.

— En effet, c'est bizarre, opine-t-elle.

— Où est Francis ?

— Il est allé chercher Boff, qui a la permission de nous accompagner dans le bois.

Notre ami nous rejoint, tout essoufflé d'avoir couru.

— J'ai quelque chose à vous raconter, dit-il en prenant le flambeau que je lui tends.

— Chut, voici Sarah, l'interrompt Annie.

— Vous allez voir mes mangeoires, nous annonce fièrement la fillette. Elles sont juste derrière le refuge.

La randonnée se déroule dans la bonne humeur. Pierre Laroche ouvre la marche d'un bon pas. Nous suivons les indications rouges accrochées aux arbres le long du sentier. Nous apercevons bientôt la cabane en bois rond qu'on appelle le premier refuge. À l'intérieur se trouvent deux longs bancs vissés au mur et des bûches déposées près d'un poêle en fonte. Un seau rempli de sable sert à éteindre les braises avant de repartir. Dès que le feu est allumé, tout le monde se rapproche pour se réchauffer et Robert entonne quelques chansons dont nous reprenons les refrains, en chœur :

Feu, feu, joli feu, ton ardeur nous réjouit.
Feu, feu, joli feu...

Nous allons ensuite voir les fameuses mangeoires de Sarah. Elle y dépose des graines, du gras ainsi que la moitié d'un poisson soutirée à Gustave. Elle nous explique ensuite que selon l'heure et la saison, geais bleus, moineaux, crécerelles et autres sortes d'oiseaux viennent se nourrir. Certaines espèces, telles les mésanges mangent même dans ses mains.

Sur le chemin du retour, Francis, Annie et moi marchons derrière le groupe. Francis nous raconte qu'il a surpris une mystérieuse conversation tout à l'heure.

— Je suis sorti avant tout le monde pour aller chercher Boff et j'ai entendu des voix en passant près du hangar. Je n'ai pas réussi à voir qui était à l'intérieur, mais je peux dire qu'il y avait un homme et une femme. Elle lui a dit : «Continue, il faut amener l'aubergiste à céder à l'offre de Dutoit. C'était une bonne idée de loger sur place. » Puis l'homme a répondu : « Oui, c'est plus facile. Le veilleur s'impatiente pour son fric. J'ai peur qu'il vende la mèche. » Et la dame a répliqué : « Tu sais ce que tu as à faire. Pour le reste, tu recevras d'autres instructions d'ici demain soir. »

Je m'apprête à donner mon avis quand j'aperçois Agathe Patenaude qui lève la tête vers le ciel.

— Une étoile filante ! s'écrie-t-elle sans prendre garde au flambeau de Simon, juste derrière elle. Son chapeau commence à flamber. Quelqu'un pousse un cri et dans la seconde qui suit, la pauvre Agathe se retrouve par terre avec Robert et Simon qui lui tapent sur la tête et l'aspergent de neige pour éteindre le feu. Pendant qu'elle se remet de ses émotions, chacun y va de son commentaire. Heureusement, elle a eu plus de peur que de mal. Assise dans la neige avec son chapeau roussi et aplati, Agathe Patenaude a l'air tellement cocasse que tout le monde, même elle, se met à rire à en avoir mal aux côtes.

Boff donne l'alerte

Plus tard, de retour à l'auberge, j'ai peine à trouver le sommeil. Les autres dorment déjà. De mon lit, je peux apercevoir la lune. Je me remets à penser au récit de l'oncle Thomas et à la conversation que Francis a rapportée quand Boff se met à aboyer avec rage. Ce n'est pas son genre de s'agiter pour rien. J'espère qu'il ne réveillera pas tout le monde, car ce ne sera sûrement pas apprécié. Sans bruit, je me glisse hors de mon lit. En pantoufles et en robe de chambre, je sors discrètement sur le balcon. Il ne fait pas très froid. Je scrute la noirceur afin d'apercevoir le chien.

— Boff ! Tais-toi. Viens ici, mon vieux.

C'est la voix de l'oncle Thomas. Par le bruit d'une porte qui se referme et le silence qui s'ensuit, je conclus que notre brave toutou va dormir à l'intérieur pour préserver le sommeil des clients.

La nuit est belle et je m'attarde un peu. Au moment de rentrer, je distingue une ombre qui se profile sur le mur du hangar. Je m'accroupis pour ne pas être vue. Je commence à avoir froid, mais je n'ose pas bouger. La neige craque sous les pas qui s'éloignent et soudain, je perçois le bruit du télésiège qui fonctionne. «Ce doit être Germain qui fait ses vérifications», me dis-je. Rassurée, je regagne la chaleur de mon lit. Mon réveil indique minuit et quart. Je ferais mieux de dormir si je veux être en forme demain matin.

— Marika, qu'est-ce que tu faisais dehors à cette heure? me demande Annie d'une voix ensommeillée.

— Je n'arrivais pas à dormir et je suis allée regarder le paysage. Bonne nuit.

— Mmm... bonne... nu..., grommelle mon amie, déjà repartie au pays des rêves.

Heureusement, Carole dort comme une souche.

Le lendemain, il fait un temps superbe. Au petit déjeuner, je fais part à Annie et à Francis de ce que j'ai vu et entendu durant la nuit.

— Ce serait peut-être préférable de tout raconter à mon oncle, suggère Annie.

— Oui, je crois que tu as raison, renchérit Francis.

— D'accord, dis-je. Allons voir où nous pouvons le trouver.

Nous apercevons l'oncle Thomas au bas des remontées mécaniques. Il discute avec François, un des préposés aux sièges. Nous nous empressons de les rejoindre.

— Bonjour, les enfants, nous dit l'oncle d'Annie. Je dois des excuses à ton chien, Francis. Je n'aurais pas dû le faire taire, quelqu'un a fait tourner les sièges cette nuit et je n'ai rien entendu. Boff voulait sûrement nous avertir.

— Oui, explique François. Je fais toujours un tour complet du télésiège le soir avant de l'arrêter et je laisse le siège numéro 1 prêt à repartir le premier le lendemain. Là, regardez: c'est le siège numéro 49 qui est en bas. Ce n'est pas normal.

— Marika, tu les as entendues fonctionner cette nuit, intervient Annie.

— C'est vrai. Je n'avais pas sommeil et je suis sortie sur le balcon quand Boff a aboyé. Ensuite, j'ai vu une ombre se détacher du hangar et par la suite, j'ai entendu le télésiège démarrer. J'ai conclu que le gardien de nuit faisait ses vérifications.

— Ce fainéant de Germain semble s'être volatilisé, répond Thomas, furieux. Il n'a même pas fait le ménage des salles la nuit dernière. Habituellement, le matin, il laisse un rapport sur mon bureau, mais aujourd'hui, rien. C'est sûrement lui qui a enclenché le mécanisme, car il est le seul à part moi à avoir les clés pour entrer ici. Il est mieux d'avoir de bonnes explications à me fournir. Il se passe de drôles de choses ces jours-ci et ça commence à m'inquiéter. François, mets donc le moteur en marche, s'il te plaît.

Les sièges se remettent à descendre. Tout fonctionne normalement au grand soulagement de l'oncle Thomas quand, tout à coup, Annie pousse un cri.

— Regardez! Il y a quelqu'un dans un des sièges!

En effet, nous distinguons tous une forme humaine qui se rapproche.

— C'est le siège numéro 1, constate François.

Il arrête le mécanisme.

— Mais, qu'est-ce que... oh! mon Dieu! C'est Germain! s'écrie l'oncle Thomas.

Le gardien de nuit est assis, la tête inclinée vers l'arrière et une bouteille de vin vide entre les bras. On dirait qu'il dort. Se penchant sur lui, l'oncle Thomas conclut:

L'ÉNIGME DU SOMMET NOIR

— Je crois bien qu'il est mort. Vite, François, avise la réceptionniste pour qu'elle appelle la police et un médecin. Ne restez pas là, les enfants.

Bouleversés, nous regagnons rapidement l'auberge en échangeant nos impressions.

— Il a dû s'endormir après avoir trop bu et mourir de froid, suggère Annie. J'ai des frissons partout. C'est la première fois que je vois un vrai mort.

— Ce qui m'étonne, c'est qu'il se soit si peu vêtu pour aller en montagne. Il n'avait qu'un léger coupe-vent et même pas de gants ni de chapeau, nous fait remarquer Francis.

Après réflexion, j'ajoute à mon tour que Germain ne peut s'être assis dans le siège numéro 1 et avoir actionné le mécanisme lui-même. C'est physiquement impossible. Il n'était donc pas seul.

Par chance, il est tôt le matin et peu de clients ont eu vent du drame. Deux policiers et un médecin arrivent rapidement sur les lieux. Ce dernier procède à un examen sommaire du corps et constate officiellement le décès de Germain.

Après l'oncle Thomas et quelques employés, c'est à mon tour de répondre aux questions de la police. Je répète pour la troisième fois aujourd'hui ce que j'ai vu et entendu la nuit dernière.

— Croyez-vous que ça puisse être un meurtre ? s'inquiète Cathy.

— Les résultats de l'autopsie nous le diront, explique un des policiers. D'ici là, il faudrait aviser tous les employés et les clients présents la nuit dernière qu'aucun d'eux ne doit quitter le village dans les vingt-quatre heures qui viennent.

Nous sommes tous un peu tristes pour ce pauvre Germain.

Annie, Francis et moi convenons de remarquer le plus possible les faits et gestes des gens qui nous entourent afin de découvrir des indices. À l'auberge, les rumeurs vont bon train à mesure que les gens se communiquent la nouvelle les uns aux autres. La consternation s'installe. Tous ont leur propre version des faits qu'ils se racontent inlassablement.

Malgré les événements, un petit groupe dont fait partie Carole s'apprête à faire une randonnée en ski de fond. Prié de se joindre à eux, Pierre Laroche décline l'invitation, car, explique-t-il à la réceptionniste, il attend du courrier aujourd'hui.

— C'est assez important, dit-il, alors veuillez m'avertir le plus vite possible.

Nous nous préparons nous aussi pour nos activités de la matinée.

Annie et Francis s'en vont en skis. Quant à moi, c'est le jour de ma première leçon de planche à neige. J'enfile mes bottes, et, la planche sous le bras, je pars à la rencontre de mon frère Simon qui m'attend au bas du télésiège. François a décroché le siège numéro 1 afin que les enquêteurs puissent l'examiner.

— De toute façon, nous explique-t-il, personne ne voudrait s'asseoir dedans.

La méfiance règne

Depuis près d'une heure maintenant, mon frère s'égosille à m'expliquer comment rester debout sur cette fichue planche. Je suis assez bonne en ski, mais là, ça n'a rien à voir. J'ai l'impression d'être au même niveau qu'un bébé qui apprend à marcher, mais je suis têtue. J'ai bien l'intention d'y arriver. J'ai chaud, j'ai la tuque de travers et je suis couverte de neige quand Annie et Francis me rejoignent pour s'informer de mes progrès.

— Marika ! crie Annie en s'approchant. Marika, savais-tu que Laurent... heu...

Mon amie ne termine pas sa phrase.

— Quoi, Laurent ? dis-je en me tournant pour suivre le regard d'Annie.

— … est juste derrière toi ? termine Annie en souriant bêtement.

Ah, misère ! Quelle honte ! Laurent, l'ami de mon frère, me regarde de son air moqueur. Moi qui lui avais vanté mes prétendus talents de « planchiste »*. Je le regrette amèrement et je voudrais rentrer sous la neige pour disparaître. Cependant, je lui fais face, prête à affronter ses habituels sarcasmes.

— Salut Marika, ça va ? me demande-t-il avec son plus beau sourire.

— Heu… oui… assez bien, dis-je étonnée qu'il ne fasse pas de commentaire désobligeant.

En fait, depuis les événements de l'automne passé, il semble me vouer une discrète admiration malgré son côté légèrement snob. Je poursuis :

— Qu'est-ce que tu fais ici ?

* Voir *Opération Juliette*, collection Caméléon.

— C'est une idée de mes parents. Ça ne me tentait pas tellement, mais je n'ai pas eu le choix, fait-il en haussant les épaules. On m'a embauché pour enseigner la planche à neige pendant la semaine de relâche.

Au même moment, Simon, qui était plus haut dans la pente, nous rejoint, tout content de voir son ami.

— Laurent! C'est super! Tu as réussi à convaincre tes parents, lance-t-il.

Tiens donc. Je fais un sourire en coin à Laurent qui s'empresse de changer de sujet et s'éloigne avec mon frère. Ce dernier, trop heureux d'avoir trouvé quelqu'un de son calibre, ne pense plus du tout à ma leçon et m'abandonne au beau milieu de la piste. De toute façon, j'en ai assez pour aujourd'hui. Je vais plutôt aller mettre mes skis et me joindre à Francis et à Annie. Assise sur ma planche, je me laisse glisser doucement. Pensant prendre un raccourci, je bifurque dans un sentier de ski de fond pour continuer à pied. Je dois me ranger en bordure de la piste pour céder le passage à un skieur de fond qui arrive à vive allure. Sans s'arrêter, il me crie:

— Hé! fillette, les planches à neige, c'est de l'autre côté...

Tiens, c'est M. Laroche! Je croyais qu'il devait rester à l'auberge... J'aboutis bientôt à un carrefour. Les directions sont inscrites sur un écriteau en bois avec des flèches: les deux refuges, l'auberge, le sommet Noir, différents noms de pistes et leur degré de difficulté. Chaque trajet porte sa couleur. Je dois donc suivre les rubans jaunes accrochés aux branches d'arbres le long du sentier pour retrouver l'auberge et le centre de ski.

Je rejoins Francis et Annie et je fais quelques bonnes descentes avec eux. L'air frais me pique les joues et je respire à pleins poumons. Que c'est bon! Vers quinze heures, fatigués, nous rentrons profiter de l'après-ski comme Annie nous l'avait décrit. Les beignes maison chauds et enrobés de sucre en poudre sont un délice.

Dans le salon, le tableau d'activités annonce un tournoi de ping-pong à vingt heures ainsi qu'un tour en carriole pour le lendemain soir. Nous avons tous hâte !

Nous tentons ensuite d'ajouter des éléments à notre enquête en espionnant les suspects de ma liste.

M. Lebeuf, dans son fauteuil roulant, feuillette un magazine près du foyer.

— Alors, comment était le ski ? nous demande-t-il.

— Les conditions sont magnifiques, répond Francis.

— Mon infirmière est partie faire du magasinage au village. Elle devrait plutôt faire du sport ! Vous devriez la convaincre.

Dans un autre coin du salon, les Petrov sirotent un café. La femme semble absorbée par un livre tandis que l'homme regarde sans cesse sa montre en jetant des coups d'œil à l'extérieur.

— Il a l'air nerveux, dis-je en chuchotant à l'oreille d'Annie. Il ne faut pas le perdre de vue. On dirait qu'il attend quelque chose.

— Tiens, miss air bête, murmure Francis en voyant passer Roxane. J'ai remarqué qu'elle porte souvent ses verres fumés même à l'intérieur et qu'elle sort en regardant derrière elle, comme si elle avait peur d'être suivie.

Nous l'observons par la fenêtre. Comme hier soir, elle se rend au chalet du centre de ski et entre dans une des cabines téléphoniques.

Au moment où elle revient vers l'auberge, elle croise Simon et Laurent et s'arrête pour leur parler. Ils marchent tous les trois et se dirigent vers l'entrée des skieurs, en bas.

— Pff, fais-je sans trop m'en rendre compte.

— Pff, quoi ? me jette Annie d'un air moqueur. Y a-t-il un peu de jalousie dans l'air ?

— Pas du tout. Dis donc, si on ne peut même plus faire « pff » sans raison maintenant… Hé, Sarah !

Je suis contente de changer de sujet. Je fais signe à la cousine d'Annie, qui vient vers nous en souriant.

— Il paraît que tu soupes avec nous ce soir ?

— Oui, je suis contente, me répond-elle. Hier, Boff a dormi avec moi, tu sais, Francis.

— Merci d'en prendre soin. Tiens, d'ailleurs, je vais aller lui donner à manger maintenant. Vous venez ?

Nous nous dirigeons vers la niche, où Boff nous accueille chaleureusement. Sarah en profite pour nous inviter chez elle et nous montrer sa chambre. Dans la pièce aux teintes pastel, on peut facilement voir l'intérêt de l'occupante pour la nature. Des fleurs séchées, des plumes et un assortiment de jolis cailloux sont disposés avec soin sur les bureaux et les étagères. Deux magnifiques poupées de porcelaine nous regardent du haut d'une bibliothèque où se mêlent livres d'aventures et documentation sur les oiseaux et les animaux. Les murs sont décorés de coupures de magazines, de cartes postales ainsi que de vraies photos, toutes représentant des scènes de la vie des ours.

— À ce que je vois, tu te passionnes pour les ours, dis-je en prenant un ourson en peluche sur son lit. Il est mignon avec son foulard rouge et blanc autour du cou.

Un petit poème est cousu sur son ventre.

— N'y touche pas, c'est personnel! crie brusquement Sarah en m'arrachant l'ourson des mains.

Je suis un peu surprise par sa réaction.

— Excuse-moi, je ne voulais pas être indiscrète.

Comme nous nous apprêtons à partir, l'oncle Thomas et Cathy entrent dans la maison, suivis de l'enquêteur de police. Je fais signe aux autres de se taire afin d'entendre la conversation.

— Selon le rapport du médecin légiste, explique le policier, Germain a reçu un violent coup derrière la tête. L'assaillant l'aurait ensuite assis dans le siège numéro 1 pour l'envoyer en haut de la montagne, sachant bien qu'inconscient et si légèrement vêtu, il ne pourrait survivre longtemps au froid. La mort aurait eu lieu entre minuit et deux heures. Il n'y avait aucune trace d'alcool dans le sang de Germain. La bouteille vide n'était donc qu'un stratagème pour brouiller les pistes. Dans les poches de la victime, on a retrouvé un peu d'argent, la carte de visite d'un certain Georges Dutoit et un papier chiffonné sur lequel quelqu'un lui donnait rendez-vous à vingt-trois heures trente devant le hangar. Votre employé avait-il des mauvaises relations ces derniers temps?

— Je ne sais pas, répond Thomas, je n'étais pas au courant de ce qu'il faisait en dehors du travail. Par contre, à l'auberge, je lui avais demandé d'être plus attentif ces jours-ci, car nous avons eu des problèmes de vandalisme.

— Dutoit serait-il à l'origine de tout ceci? demande Cathy, inquiète.

— Si c'est le cas, il n'en a pas fini avec moi, menace Thomas.

— Il se pourrait que votre Germain ait mis son nez là où il n'aurait pas dû, conclut le policier. Nous allons poursuivre l'enquête pour trouver l'auteur ou les auteurs du meurtre. Nous n'avons rien découvert de suspect chez lui, ni dans son bureau. Cependant, deux de mes hommes seront ici à la première heure demain pour y faire une deuxième inspection. Entre-temps, je vous demande de garder cette pièce fermée à clé.

— D'accord. Venez, on vous raccompagne, répond Thomas. Merci de vous être déplacé.

Ils s'éloignent à l'extérieur et nous sortons de la chambre de Sarah. Il est temps pour nous de retourner à l'auberge.

Les indices s'accumulent

En marchant vers l'auberge, nous discutons des événements. La mystérieuse conversation entre un homme et une femme que Francis a entendue la veille nous apparaît maintenant pleine de sens.

— Ainsi, le veilleur dont l'homme parlait, c'était Germain, affirme Francis. Sarah, tu as dit que le gardien de nuit avait un secret. Comment le sais-tu ?

— Parce qu'il rencontrait quelqu'un en cachette. Ça devait être une dame, car il se parfumait avant d'y aller. Je l'ai aussi entendu se vanter à Gustave qu'il attendait un montant d'argent assez élevé pour lui permettre d'arrêter de travailler.

— Il y a quelque chose de grave derrière tout ça, mais quoi ? J'aimerais bien le savoir, dis-je en soupirant. En tout cas, Germain était déjà inconscient quand j'ai entendu le bruit du télésiège la nuit dernière. Les amis, il faut trouver des indices !

— Commençons par aller voir près du hangar, suggère Annie. Peut-être qu'un détail aura échappé aux policiers.

— Bonne idée. Je propose d'emmener Boff avec nous, dis-je en détachant le gros toutou.

Tout heureux de nous suivre, ce dernier gambade en reniflant le sol. Nous entrons dans le hangar et en faisons le tour rapidement sans rien remarquer de suspect quand Boff se met à gratter le sol derrière une botte de foin.

— Qu'est-ce que tu as trouvé, mon chien ? demande Francis en se penchant. Regardez ! Une tuque.

— C'est la tuque de Germain ! s'exclame Sarah. Il la mettait toujours quand il était dehors.

— Il vaudrait mieux ne pas y toucher et avertir ton père, fais-je en me penchant pour ramasser un gros bouton noir tombé par terre.

Discrètement, je le glisse dans ma poche. Il s'agit peut-être d'un indice.

Au souper, juste avant le dessert, je remarque que Roxane quitte la salle à manger. Va-t-elle encore téléphoner ? Je prétexte une petite envie pour me lever de table et je lui emboîte le pas. Elle passe au vestiaire et enfile son manteau. Je l'imite et sors à sa suite, en me tenant à distance. Dans le stationnement, un homme l'attend, appuyé contre sa voiture. Il lui ouvre la portière, elle s'engouffre à l'intérieur. Je regarde l'auto s'éloigner sans trop savoir quoi penser et en me demandant si sa mère est au courant. Je regagne la salle à manger où mes amis me questionnent des yeux.

Après le souper, nous flânons au salon en attendant le tournoi.

— J'aimerais bien retourner dans le bureau de Germain, dis-je.

Nous convainquons facilement Sarah de nous y introduire de nouveau. Elle accepte avec enthousiasme.

— C'est super, on joue aux vrais détectives ! Allons-y tout de suite, si vous voulez.

— Qu'est-ce que tu espères y trouver, Marika ? me demande Francis.

— Je ne sais pas exactement. Jusqu'à maintenant, nous pouvons supposer que l'insistance de M. Dutoit et de ses associés à vouloir acheter l'auberge, les actes de vandalisme et la mort de Germain ont tous un rapport entre eux, mais il faut trouver la raison qui incite ces gens à agir ainsi et le responsable de toute cette affaire.

— Ce n'est pas très discret d'y aller à quatre, fait remarquer Annie. Si on nous surprend, on va se faire passer tout un savon.

— Tu as raison, viens avec moi. Sarah et Francis, vous allez faire le guet, d'accord ?

— D'accord.

Annie et moi prenons la précaution de mettre des gants pour ne pas laisser d'empreintes. Les deux autres surveillent pour nous avertir si quelqu'un vient. Nous faisons le tour de la pièce en examinant les quelques objets et papiers qui s'y trouvent.

— Il s'intéressait aux métaux, semble-t-il, chuchote Annie en me montrant deux livres qui traitent de ce sujet.

— Ton oncle a parlé d'une gravière, ça pourrait avoir un lien.

— Oups !

Mon amie se penche pour ramasser deux négatifs tombés d'un des livres. Au même moment, Sarah passe la tête dans l'embrasure de la porte.

— Vite, sortez ! Les gens commencent à descendre dans la salle de jeu pour le tournoi.

Nous nous glissons rapidement hors de la pièce et allons nous joindre aux autres dans la salle de jeu pour l'activité qui va commencer. Annie se rend compte que, dans sa hâte, elle a gardé les négatifs, mais il est trop tard pour les rapporter. Elle les glisse dans sa poche.

Francis nous rejoint. Nous lui faisons un bref résumé et, de son côté, il nous relate ce qu'il a vu en nous attendant posté en haut de l'escalier.

— Maryse, la réceptionniste, a d'abord remis une grande enveloppe à Pierre Laroche. Il a mentionné que c'était bien ce qu'il attendait depuis ce matin. Elle a ensuite averti Paul Lebeuf qu'une télécopie était arrivée pour lui pendant le souper.

Robert interrompt notre conversation.

— Marika, tu es dans la première manche contre Laurent, m'annonce l'animateur qui pige les noms pour établir l'ordre des joueurs.

— J'arrive.

— Drôle de hasard, me glisse Annie à l'oreille en me faisant son petit air malicieux qui m'énerve.

Je suis vite éliminée. La joueuse à battre ce soir n'est nulle autre que Carole. Elle était championne de ping-pong à son école quand elle était jeune et elle n'a pas perdu la main. Des participants plus jeunes qu'elle espèrent bien arriver à la déloger de la première place. Annie est très fière de la performance de sa mère, finalement proclamée gagnante. Carole remporte un chandail à l'effigie de l'auberge. De retour dans le salon, Cathy lui offre un verre de porto pour célébrer sa victoire.

Soudain, la porte d'entrée s'ouvre, laissant le passage à Roxane qui arrive en coup de vent et se dirige sans s'arrêter vers sa chambre au deuxième étage. Dans sa hâte, elle bouscule Mme Patenaude qui descend l'escalier.

— Quelle mouche l'a piquée, celle-là? demande Agathe en s'approchant de son patient.

— Il y a sûrement une histoire de cœur derrière tout ça, réplique ce dernier en nous faisant un clin d'œil.

Nous accompagnons Sarah jusqu'à chez elle et faisons des plans d'espionnage pour plus tard cette nuit.

— Je vous retrouve près de la niche de Boff à minuit, dit-elle.

Alors que nous revenons sur nos pas, nous voyons des phares d'auto clignoter trois fois de suite dans le stationnement. La porte de l'entrée des skieurs s'ouvre quelques instants plus tard et nous permet d'apercevoir M. Petrov, qui fait signe à quelqu'un de venir. Les phares de la voiture s'éteignent. Le conducteur sort et se rapproche de l'auberge en jetant des regards autour de lui.

— Chut! entendons-nous, suivi de quelques paroles prononcées à voix basse.

— Ça alors, pourquoi le fait-il entrer en cachette? s'étonne Annie. C'est louche.

La porte s'est refermée, nous empêchant de les suivre. Nous courons vers l'entrée principale pour aller voir ce qui se trame. Sur la pointe des pieds, nous descendons au vestiaire. Nous nous glissons dans la salle de jeu dont les lumières sont éteintes.

Un homme grand et mince se défait de son manteau. Il tient une boîte carrée dans ses mains. M. Petrov lui fait signe de l'attendre un instant avant de remonter vers le salon.

— Qu'est-ce qu'on fait ? demande Francis.

— Séparons-nous. Toi, va voir ce que fait M. Petrov. Annie, cours avertir ton oncle qu'il y a un intrus qui se cache dans l'auberge. Pendant ce temps, moi, je ne le quitte pas des yeux.

Ils sont à peine partis que M. Petrov redescend, parle à son visiteur et l'entraîne dans la pièce où je me trouve puis repart, nous laissant dans la noirceur. Accroupie près du mur, je sens la présence de cet homme et je n'ose pas bouger. Mes yeux s'habituent tranquillement à l'obscurité. Avec précaution, l'intrus, le dos tourné à moi, ouvre sa boîte déposée sur une table. Il remonte lentement un mécanisme et un tic-tac commence à se faire entendre. Une bombe ! Il ne va quand même pas faire sauter l'auberge ! J'aperçois un balai appuyé tout près de moi et je saisis le manche au cas où j'en aurais besoin. À ce moment, j'entends des pas qui descendent rapidement l'escalier.

— Attention, il a une bombe !

Tout en criant, je me lève d'un bond et je brandis mon arme à poils de crin.

— Marika, on s'est trompés ! m'annonce Annie au moment où la lumière s'allume.

L'homme est figé au milieu de la pièce, ne semblant pas comprendre ce qui lui arrive, une magnifique pendule à coucou dans les mains... Annie, Francis, Thomas, Carole, Gustave ainsi que M. Petrov ont l'air de bien s'amuser de la situation.

— Igor pas méchant, m'explique M. Petrov en riant. Igor est mon fils. Lui être une surprise pour ma femme, sa mère. Igor arrive de Moscou aujourd'hui et elle ne pas savoir que lui être ici.

— Je suis désolée, dis-je d'un ton contrit.

— Tu as toujours autant d'imagination, Marika, me taquine Carole.

Tout le monde éclate de rire. J'ai l'air ridicule, mais ce n'est pas grave. Voyons le bon côté des choses : ça fait au moins un suspect à éliminer de notre liste. Le moment suivant est fort émouvant, car Mme Petrov n'avait pas vu son fils depuis trois ans.

Après ces chaleureuses retrouvailles, Annie et moi montons à notre chambre. Assises sur mon lit, nous nous détendons et planifions les journées à venir. Nous attendons Francis, qui doit nous rejoindre.

— Nous n'avons pas vu M. Laroche de la soirée, observe Annie. Je me demande ce que contenait son enveloppe. Il va falloir le suivre de plus près demain.

— En effet, il fait aussi partie de nos principaux suspects.

— Je suis fatiguée, soupire Annie. Je regrette un peu d'avoir promis à Sarah de veiller avec elle cette nuit pour espionner.

Francis entre dans la chambre, un papier chiffonné à la main.

— Vous allez être fières de moi, les filles, fait-il en s'assoyant.

— Qu'est-ce que c'est ? dis-je.

— C'est la télécopie de M. Lebeuf, explique-t-il. Pendant le tournoi, j'ai remarqué qu'il l'avait jetée après l'avoir lue. Comme tous les autres clients, il fait aussi partie de nos suspects et tous les détails sont importants.

— C'est génial, le complimente Annie.

— Je n'y comprends pas grand-chose, mais regardez quand même.

Blitz excavation

Monsieur Lebeuf

Le contrat est signé avec le client étranger

Quelle générosité de votre part de lui offrir le choix d'une

Première livraison jeudi au prix convenu

Une belle journée propice au change-ment mais

Je serai au rendez-vous ce soir comme prévu

Et lui présenterai vos cordiales saluta-tions

Ayez avec vous les images de nous tous

Débordants d'enthousiasme à l'ouvrage.

— Plutôt poétique comme message d'affaires. Je n'y comprends rien. *Blitz excavation*, encore ce nom.

— Oh! J'ai les négatifs, se souvient Annie en les sortant de sa poche.

À tour de rôle, nous les examinons face à la lumière. On y voit des pelles mécaniques, des camions et des gens.

— Annie, c'est peut-être la gravière qu'a mentionnée ton oncle, dis-je. Pourquoi Germain gardait-il ces photos? Je n'en vois pas l'intérêt.

Nous discutons ensuite de nos projets pour les jours qui viennent. Demain, mardi, ski très tôt le matin puis visite du village dans l'après-midi. Pour mercredi, nous avons réussi à convaincre Carole ainsi que l'oncle et la tante d'Annie de nous laisser aller en montagne passer la nuit au deuxième refuge. Après bien des discussions et des promesses de notre part, ils ont fini par accepter. Nous avons très hâte. Boff va nous accompagner. Simon, Laurent et Carole vont venir nous rejoindre à l'heure du souper avec de la nourriture. Ils passeront ensuite la nuit avec nous. Nous avons l'intention de nous rendre aux grottes de l'ermite et d'aller jeter un coup d'œil à la gravière.

— Il est vingt-deux heures, fait Carole en entrant dans la chambre. Au lit, tout le monde si vous voulez être capables de skier demain. Moi, en tout cas, je n'aurai pas besoin de me faire bercer pour dormir ce soir.

Elle fait sa tournée de becs de bonne nuit et disparaît sous ses couvertures.

J'ai programmé ma montre pour minuit moins quart. Comme Francis nous a avisées qu'il ne voulait pas nous accompagner, Annie et moi nous faufilons hors de la chambre pour aller rejoindre Sarah. Heureusement pour nous, après les bonnes journées de plein air qu'elle fait, Carole dort comme une marmotte gelée.

Tapies dans l'ombre sous les marches du chalet de ski, nous attendons en espérant qu'il se passe quelque chose. Nous assistons d'abord à un rendez-vous d'amoureux entre Antoine et Corinne, les deux serveurs.

— Je m'en doutais, nous souffle Annie. Il devient maladroit chaque fois qu'elle passe près de lui.

— Un homme vient de sortir de l'auberge, murmure Sarah.

Il s'avance dans notre direction et s'arrête tout près de notre cachette. Il semble attendre quelqu'un. Nous n'osons plus bouger. Tout à coup, une voiture, phares éteints, s'avance dans le stationnement. Le bruit d'une portière d'auto fermée avec précaution se fait entendre. Une silhouette se rapproche.

— Il était temps, bougonne l'homme à voix basse.

— Désolée, j'ai été retardée, chuchote une voix féminine. Est-ce qu'ils t'ont interrogé?

— Oui, mais je m'en suis bien tiré.

— As-tu les négatifs?

— Non, il ne les avait pas sur lui et je ne les ai pas trouvés dans son bureau.

— Méfie-toi, il ne faudrait pas qu'ils tombent entre les mains du géologue. Il est encore venu mettre son nez au chantier. Il commence à m'énerver celui-là, grogne la femme.

— C'est dangereux d'être trop curieux... un accident est vite arrivé en montagne.

— Dutoit rencontre l'aubergiste...

Les deux individus s'éloignent et nous n'entendons plus que des murmures. De notre cachette, il fait trop sombre pour pouvoir reconnaître les interlocuteurs emmitouflés dans leurs manteaux.

Tout à coup, Sarah semble de moins bonne humeur.

— Je suis fatiguée, soupire-t-elle. Je rentre me coucher.

Nous sommes étonnées de son attitude, mais nous ne nous faisons pas prier pour regagner notre lit.

— Crois-tu que les négatifs qu'ils cherchent sont ceux que nous avons trouvés? questionne Annie.

— Ça se pourrait bien, dis-je. En tout cas, nous n'avons pas le choix, il faut les faire développer.

— On les apportera au comptoir photos en allant au village demain. Je me demande aussi qui est ce géologue dont semblait se préoccuper la femme.

Prise au piège

Il a neigé durant la nuit. Sitôt le petit déjeuner terminé, nous chaussons nos skis afin d'être les premiers sur les pistes et de goûter un peu au plaisir de la neige poudreuse. Au sommet, je m'apprête à m'élancer à la suite d'Annie et de Francis, quand je remarque un écriteau portant l'inscription « Danger » qui bloque l'entrée d'une piste d'experts.

— Attendez ! dis-je aux autres en montrant du doigt des traces dans la poudreuse. Quelqu'un nous a devancés ce matin et s'est aventuré dans cette piste malgré l'interdiction.

— J'ai remarqué la même chose hier, me répond Francis.

— Ça ne peut pas être les mêmes marques, il a neigé toute la nuit. Ça voudrait dire que quelqu'un descend souvent par ici.

Curieuse, je vais questionner le préposé au télésiège, dans sa cabine. Il m'explique que cette pente n'est jamais damée et qu'elle est fermée en tout temps. Il faut être un skieur très expérimenté pour s'y aventurer. Il m'apprend aussi qu'elle rejoint les sentiers de ski de fond et que si on bifurque vers la droite à un certain endroit, on aboutit au sommet Noir.

— Intéressant. Alors, si je descends par là, je n'ai pas d'autre choix que de revenir par les pistes de ski de fond.

— C'est ça, répond le garçon.

— As-tu remarqué si quelqu'un est passé par là ce matin ?

— À part vous trois, un seul homme est monté aujourd'hui, fait-il en haussant les épaules.

— Et tu le connais, cet homme ?

— Je travaille ici seulement une journée par semaine et je n'ai pas le temps de connaître les gens. Il était assez grand, avec des lunettes foncées et une tuque rouge, si ça peut t'aider.

Je retourne près d'Annie et de Francis qui m'attendent.

— J'aimerais savoir où se rend la personne qui utilise régulièrement ce chemin.

— Tu ne veux quand même pas y aller, Marika ! s'écrie Annie d'un air découragé. C'est dangereux.

— Je vais faire attention. Qui vient avec moi ? dis-je en fixant Francis.

— Moi, je veux bien y aller, me répond une voix pendant que mon ami hésite.

Je me retourne pour voir Laurent qui me sourit.

— Ton frère est parti à la boutique de ski faire réparer sa fixation et je ne donne pas de cours avant dix heures trente. J'ai un peu de temps devant moi. Je peux t'accompagner si tu veux. C'est fou comme idée, mais je suppose que tu as une bonne raison.

J'hésite un peu, mais je finis par accepter. Je donne rendez-vous aux autres au chalet de ski dans une heure.

Prudemment, je m'engage dans la descente. Au début, tout va bien, mais la piste devient de plus en plus escarpée et rocailleuse. Sur sa planche, Laurent me devance et s'arrête souvent pour m'attendre.

— Ce n'est pas facile, observe-t-il. La piste rétrécit et la neige fraîchement tombée cache les roches. Il va falloir faire très attention. Est-ce que ça va ?

— Oui, très bien.

Je descends tranquillement en faisant du chasse-neige ou en dérapant de côté. Nous arrivons à une fourche. À gauche, un vieil écriteau marqué d'une tache rouge porte l'inscription « Refuge 1 km ». Un ruban vert accroché à une branche sert d'indication pour le chemin de droite, mais des pancartes « Terrain privé » et « Défense de passer » en bloquent l'accès.

— Qu'est-ce qu'on fait ? demande Laurent. Les traces vont à droite. Moi, je vais devoir m'en retourner, sinon je vais être en retard pour mes cours. Par contre, je ne peux pas te laisser ici toute seule.

— Je vais seulement faire un petit bout vers la droite pour voir où ça mène. Je te promets de ne pas m'attarder. D'après moi, le sentier doit aboutir aux grottes de l'ermite.

Je finis par convaincre Laurent de s'en aller sans moi et d'avertir les autres pour qu'ils ne s'inquiètent pas.

— De toute façon, si je tarde à revenir, vous saurez où je suis, dis-je avant de le voir s'éloigner en direction du refuge.

Je plante mes skis dans la neige et je continue à pied. Ce n'est pas facile en bottes de ski, mais je n'ai pas l'intention d'aller très loin. Nous reviendrons tous ensemble plus tard. Je suis le sentier quand, tout à coup, un claquement se fait entendre. Je ne peux plus avancer. Ma bottine droite est coincée dans un piège pour animal. Les mâchoires de métal se sont refermées sur le haut de ma botte, ce qui m'empêche de la détacher.

Assise dans la neige, je commence à regretter mon escapade. J'essaie de trouver une solution quand un cri me fait me lever d'un bond. Je me retourne. Un ours se dresse devant moi. Il grogne en balançant la tête d'avant en arrière. J'aimerais crier, mais aucun son ne sort de ma bouche. Le pied toujours retenu par le piège, j'essaie de trouver une solution et mon cerveau réfléchit à deux cents kilomètres à l'heure. Je dois faire la morte. Oui, j'ai déjà entendu ça quelque part. Si l'ours me croit sans vie, je ne présente plus d'intérêt pour lui, du moins je l'espère. Je me jette à plat ventre dans la neige. À quatre pattes, l'animal se rapproche de moi. Faire la morte! Faire la morte! Son museau me renifle et je sens son souffle chaud sur ma tête. C'est à cet instant que le son revient dans ma gorge. On n'aura jamais entendu une morte pousser un aussi grand cri! Au moment où je m'attends à recevoir un coup de dents et à me faire bouffer toute crue, l'ours renifle mon pied et, à ma grande surprise, se met à lécher ma bottine.

Les minutes qui suivent se passent comme dans un rêve. Je crois que j'ai perdu connaissance quelques instants. Quand j'ouvre les yeux, je suis toujours assise dans la neige. Ma bottine de ski est égratignée mais libérée du piège. Je dois vite retourner à l'auberge avant que mes amis n'alertent tout le monde à cause de mon retard. Je m'empresse d'aller récupérer mes skis et je descends la piste assez rapidement.

Je m'attarde un instant au refuge en passant devant les mangeoires de Sarah où des mésanges picorent les dernières graines qui restent. Quelque chose me laisse perplexe, mais je n'arrive pas à le définir. Je rejoins les autres au chalet de ski.

— Enfin, Marika ! s'écrie Annie. Est-ce que tout va bien ?

— Oui, oui.

Je leur relate ma mésaventure. Annie me regarde la bouche grande ouverte comme si je lui racontais quelque chose d'extraordinaire.

— Un ours! Mais tu aurais pu te faire tuer. Je t'avais dit que c'était dangereux. Il me semblait qu'il n'y avait que des oiseaux dans les parages. Attends que j'en parle à l'animateur.

— Non, pas un mot à qui que ce soit pour l'instant.

— Dis-moi, comment t'es-tu libérée? s'informe Francis.

— Je n'en ai pas la moindre idée. J'ai eu tellement peur que je suis tombée dans les pommes. Je me rappelle vaguement, il y avait un homme… oui, c'est lui qui a libéré mon pied… et l'ours… «Boule de poil», quelqu'un l'a appelé Boule de poil au moment où j'ai crié. Oui, je viens de comprendre ce qui m'intriguait tout à l'heure aux mangeoires.

— Est-ce que tu pourrais être un peu plus claire, Marika? s'impatiente Annie.

— Vous vous rappelez que Sarah a laissé du poisson pour ses oiseaux, l'autre soir pendant la randonnée ?

— Oui. Gustave avait même été pas mal généreux, un demi-poisson en plus du suif et des graines, commente Francis.

— Eh bien, il n'y a pas l'ombre d'une arête dans la mangeoire.

— Alors ?…

— Alors, les oiseaux ne mangent quand même pas les arêtes. Vous ne comprenez pas ? Le poisson n'était pas pour les oiseaux, mais pour…

— L'ours ! conclut Annie.

— C'est cela. Sarah nous cache des choses depuis le début.

— Elle va devoir s'expliquer, dit Annie.

Après le dîner, Jean, l'aide-cuisinier, accepte de nous laisser au village en s'en allant chez lui et de nous ramener en fin d'après-midi.

Nous laissons d'abord les négatifs au comptoir photos où on nous promet un développement en une heure.

En attendant, nous explorons la rue principale bordée de lampadaires aux abat-jour de formes géométriques. Restaurants, boutiques, ateliers d'artisans, pharmacie, tous les services semblent se trouver dans cette partie du village, ce qui crée une impression de carrefour important. Nous déambulons d'un commerce à l'autre et en profitons pour acheter des cartes postales et quelques souvenirs de l'endroit.

Après avoir récupéré nos photos, nous allons nous asseoir dans un petit café afin de les regarder. C'est vraiment une carrière. Sur une photo, on voit des pelles, des camions et quelques autres machines qui nous sont inconnues. Sur la deuxième, on aperçoit, en avant-plan, un gros bac en métal rempli d'une sorte de pâte jaune et des personnes qui discutent en arrière-plan.

— Je ne vois pas ce que cachent ces photos, commente Francis. Il faudrait une loupe pour pouvoir identifier les gens qui sont dessus.

En début de soirée, les clients commencent à se rassembler dans l'entrée pour attendre la carriole qui doit arriver d'un instant à l'autre. Des grelots se font entendre et les chevaux s'amènent, en soufflant à pleins naseaux. Les gens commencent à s'entasser à l'intérieur du traîneau. Le conducteur et Robert aident M. Lebeuf à monter. Voilà au moins une activité à laquelle il peut participer malgré son handicap. Il y a plusieurs nouveaux clients présents ce soir. Par contre, il manque M. Laroche, Roxane et sa mère, Louise Caron.

— Bon, allons-y, annonce Robert.

Le ciel clair est parsemé d'étoiles et de grosses couvertures nous protègent de l'air frisquet. Nous chantons tous de bon cœur. Nous avons même droit à un air folklorique russe entonné par M. Petrov. De temps en temps, quelqu'un se fait pousser hors du

long traîneau et doit courir pour le rattra-
per. Une heure plus tard, nous revenons
vers l'auberge quand un véhicule d'incendie nous dépasse à vive allure et nous
précède dans le stationnement.

— Il y a le feu à l'auberge !

— C'est le hangar ! s'écrie Francis.

Rapidement, les pompiers s'emploient à
cerner le feu pour éviter qu'il ne se
propage aux autres bâtiments. Sous les
jets d'eau des immenses boyaux jaillissent
des milliers d'étincelles qui retombent
en pétillant. La vieille structure craque
de partout et elle n'est bientôt plus
qu'un amas de cendres et de ferraille.
Un attroupement s'est formé. Clients
et employés sympathisent en silence
quand l'oncle Thomas s'approche pour
constater les dommages avec le chef des
pompiers.

— Ça sent l'essence à plein nez, dit ce
dernier, et mon assistant a trouvé un
mégot de cigarette tout près de la porte.
Je ne crois pas que ce feu soit un simple

accident. Votre assureur va sûrement récla-mer une enquête.

Un peu en retrait, Gustave et M. Laroche discutent, appuyés à la niche de Boff que Sarah tient par le cou. Carole s'efforce de réconforter Cathy qui pleure.

— Ça n'a plus de sens, gémit-elle. Ces actes de vandalisme commencent à nous coûter très cher. Sans compter les clients qui s'inquiètent. Quelques-uns ont même parlé de quitter l'auberge plus tôt que prévu.

— As-tu joint M. Dutoit ? demande Carole à l'oncle Thomas.

— Non, il s'est absenté pour affaires. Son assistante, qui est passée tantôt me remettre des documents, m'a promis de l'avertir dès son retour que je désire le voir de toute urgence.

— Qui, à part lui ou ses associés, aurait intérêt à nous nuire ? lance Cathy.

— Je n'en sais rien, répond Thomas, mais j'ai bien l'impression que le coupable est dans l'auberge et c'est ce qui m'in-quiète le plus.

Nous sommes au salon quand Louise Caron, la mère de Roxane, s'approche.

— Auriez-vous vu ma fille, par hasard? Je ne la trouve nulle part et je commence à être inquiète.

Je surprends un regard entre Simon et Laurent. Ces deux-là savent quelque chose et pourtant, ils font non de la tête. Dès que la dame a le dos tourné, ils abandonnent leur partie d'échecs et s'empressent d'aller mettre leurs manteaux. Je fais signe à Annie et à Francis et nous les suivons à l'extérieur.

— Je veux savoir ce que cache cette fille. Ça m'agace.

Les deux garçons se dirigent vers le chalet de ski et s'y introduisent par une porte de secours gardée entrouverte par un bâton. Comme des espions, nous les filons en marchant sur la pointe des pieds pour ne pas faire de bruit. Nous entendons alors la voix de Laurent.

— Allez, ta mère te cherche. Tu ne peux quand même pas dormir ici.

— Je m'en fous, je veux juste être toute seule, sanglote Roxane. Vous ne savez pas ce que c'est de vivre la séparation de ses parents et d'être déchirée entre les deux. Ils ne se parlent que pour se quereller; je dois appeler papa en cachette si je veux lui parler et en plus, hier soir, quand il est venu me chercher, il m'a appris qu'il a une nouvelle amie. Ça me fait mal, mais vous ne pouvez pas comprendre…

— Moi, je te comprends, dit Annie en s'avançant vers elle.

— Qu'est-ce que vous faites ici, vous trois? jette mon frère en se retournant.

— J'aimerais parler seule à seule avec Roxane un instant, si ça ne vous dérange pas, continue Annie sans répondre à Simon.

Nous laissons les deux filles jaser et allons les attendre dehors. Annie aussi a vécu cette situation il y a quelques années. Ses parents se sont séparés et, pis encore, son père a déménagé au Mexique. Elle ne le voit que très rarement depuis.

— Je sais maintenant pourquoi cette fille allait téléphoner au chalet de ski. Elle ne voulait pas que sa mère sache qu'elle appelait son père.

— Carole pourrait peut-être aussi l'aider, fait Francis.

En effet, la mère d'Annie est travailleuse sociale. Elle pourra sûrement guider Roxane vers des personnes-ressources.

Après un moment, les deux filles sortent du chalet. Pour la première fois, je vois un début de sourire sur les lèvres de l'adolescente. Ce n'est sûrement pas une situation facile à vivre. Voilà une autre suspecte à rayer de notre liste.

Les grottes
de l'ermite

Mercredi matin. Carole supervise nos préparatifs : vêtements de rechange, sacs de couchage, lampes de poche, boussole et carte des pistes. Elle m'envoie chez l'oncle Thomas emprunter le téléphone cellulaire qu'il nous a promis. Cathy m'ouvre.

— Entre, Marika. Alors, es-tu prête pour la grande aventure ?

— Presque. Sarah n'est pas là ?

— Elle est allée remplir ses mangeoires, elle y va toujours très tôt le matin. Elle ne devrait pas tarder.

— Est-ce que je peux aller dans sa chambre un instant ? Je voudrais lui laisser un petit mot.

— Bien sûr, vas-y. Pendant ce temps, je finis de m'habiller et je t'accompagne à l'auberge. Je veux m'assurer que vous avez tout ce qu'il vous faut.

Je dépose une enveloppe sur le lit de Sarah. Elle contient les deux négatifs accompagnés d'une petite note. «*Sarah, si tu ne reçois pas de nouvelles de nous d'ici dix-sept heures, remets cette enveloppe à ton père et dis-lui d'envoyer la police à la gravière. Merci, Marika.* »

Au moment de repartir, je ne peux m'empêcher de lire l'inscription sur le ventre de son ourson.

*À Sarah
mon amie pour toujours
De Boule de poil*

Ah! Nous avions vu juste. Sarah a ses secrets, elle aussi.

Alors que nous retournons à l'auberge, Cathy m'explique le fonctionnement de son cellulaire.

Francis est parti à la cuisine prendre le repas que nous a préparé Gustave. Annie et moi l'attendons à la réception quand M. Dutoit arrive. L'oncle Thomas, l'air renfrogné, le fait entrer dans son bureau.

M. Lebeuf, qui s'approche pour régler sa note, nous questionne sur notre randonnée et... misère ! se croit lui aussi obligé de nous inonder de ses conseils.

Après les dernières recommandations de Carole et de Cathy, bien emmitouflés, sac au dos, nous partons pour notre expédition. Chaussés de skis de fond, nous empruntons le sentier en direction du deuxième refuge, qui se trouve à environ deux heures d'ici. En début de chemin, nous croisons quelques autres randonneurs, mais plus nous nous éloignons, plus ils deviennent rares. Les pistes les plus fréquentées vont dans l'autre direction. Boff, qui nous accompagne, est fou comme un balai de pouvoir courir à son aise.

Tout en avançant, nous essayons de faire un bilan de notre enquête.

— Ni Paul Lebeuf ni Agathe Patenaude n'ont pu mettre le feu, ils étaient avec nous dans la carriole, réfléchit Francis.

— Pierre Laroche n'y était pas, mais je l'ai vu près de l'incendie, dis-je.

— L'oncle Thomas a mentionné que l'assistante de M. Dutoit est passée à l'auberge hier soir. Comment se fait-il qu'on ne l'ait pas vue?

Plus nous progressons, plus Annie devient craintive. Elle a peur de rencontrer l'ours.

— Pourtant, lui dis-je, ta cousine lui apporte à manger et il ne l'a pas encore dévorée. Je suis plus inquiète du temps qui se couvre. À la météo, on annonçait une tempête à partir de demain matin, mais on dirait qu'il va neiger bien avant.

Nous parvenons près de l'endroit où Laurent m'a laissée hier matin. Ses traces entremêlées à celles du skieur matinal et aux miennes sont encore visibles. Nous examinons la carte.

— En continuant tout droit, on arrive directement au deuxième refuge, nous informe Francis. Par contre, si on bifurque à droite, c'est plus direct pour rejoindre les grottes de l'ermite.

Annie remarque les indications vertes accrochées aux branches du sentier qui mène aux grottes.

— Si les rubans verts mènent aux grottes, l'ermite a vraiment induit en erreur les deux gars qui voulaient le suivre, constate Annie.

— À mon avis, on devrait d'abord se rendre au refuge pour y laisser nos sacs et reprendre notre souffle avant de continuer notre exploration, suggère Francis.

Tout le monde est d'accord. Environ une heure plus tard, nous parvenons au pied du sommet Noir. Le deuxième refuge est identique au premier. Nous déposons notre matériel et goûtons déjà à la cuisine de Gustave, qui nous a préparé une fabuleuse collation. Après cette pause, c'est maintenant l'heure de nous remettre en route.

— D'après la carte, dit Francis, les grottes ne seraient pas à plus d'une trentaine de minutes d'ici.

— C'est parfait. Il faudrait aussi trouver le temps d'aller à la gravière. On pourrait vérifier si c'est bien l'endroit qu'on voit sur les photos, dis-je.

Nous décidons de laisser nos skis de fond au refuge et de poursuivre à pied. Le boisé est très fourni et le sentier, mal tracé. Nous nous frayons un passage entre les branches des sapins et apercevons enfin le Rocher de l'ours indiqué sur le plan des pistes.

— On y est presque, nous encourage Francis.

Des empreintes de pas devant les grottes de l'ermite prouvent que quelqu'un est venu il n'y a pas longtemps.

— Francis, tu ferais mieux de tenir Boff en laisse pour aller à l'intérieur, lui conseille Annie.

— D'accord.

Il fait sombre et nous marchons collés les uns aux autres en nous éclairant de nos lampes de poche. Il y a beaucoup d'écho et chaque petit bruit est amplifié.

— C'est humide et tout noir là-dedans, se plaint Annie.

Nous avançons en file indienne dans les passages tantôt étroits, tantôt larges qui s'ouvrent devant nous.

— Regardez, s'écrie Francis qui vient de trouver une lampe à l'huile suspendue à un crochet inséré dans la pierre. On peut éclairer la grotte entière avec ça.

— Ce serait pratique si nos allumettes n'étaient pas restées dans mon sac au refuge, dis-je.

Nous débouchons dans une caverne remplie de stalagmites qui montent du sol comme d'immenses colonnes et de stalactites de différentes longueurs qui descendent du plafond. C'est très impressionnant. J'ai la sensation de me retrouver dans un monde fantastique.

— C'est splendide ! s'exclame Annie.

— On dirait la gueule d'un énorme monstre, déclare Francis en imitant les cris d'un fantôme.

— Arrête, tu me fais peur, lui reproche Annie.

Nous avançons dans le couloir suivant.

— Faites attention où vous mettez les pieds, dis-je, c'est glissant à certains endroits.

Nous débouchons devant un petit lac souterrain qui brille sous la lumière de nos lampes de poche.

— Wow ! Venez voir ça.

Je montre du doigt quelques dessins d'animaux gravés dans la pierre.

— Ils sont peut-être là depuis des milliers d'années.

Soudain, Annie pousse un cri qui se répercute de tous les côtés à la fois. Elle éclaire des ossements que Boff vient d'éparpiller sur le sol. Nous préférons ne pas nous attarder à cet endroit et continuons vers une autre galerie. À ce moment, un bruit d'eau qui s'engouffre entre les roches nous fait sursauter.

— L'eau monte! constate Annie. On ne pourra pas retourner par où nous sommes entrés.

— Restons calmes, dis-je. Il y a deux passages devant nous. Je vais voir si celui de gauche débouche. Attendez-moi.

Je reviens bientôt vers mes amis, n'ayant pas trouvé d'issue de ce côté.

— C'est un cul-de-sac.

— Vite, allons par là, indique Francis en s'engageant dans l'autre voie.

Le passage rétrécit de plus en plus et nous force à nous pencher pour avancer. Boff, soudainement attiré par je ne sais quelle odeur, se met à courir en flairant le sol humide. Il tire sur sa laisse de toutes ses forces et réussit à échapper à Francis. En courant pliés en deux, nous essayons de le suivre. Le tunnel s'élargit, mais nous ne voyons aucune ouverture.

— Ton chien n'est plus là, dit Annie. Il doit bien y avoir une sortie quelque part.

Nous faisons le tour des lieux en éclairant les moindres recoins quand Francis nous crie :

— Par ici !

Une épaisse toile imperméable de la même couleur que la roche couvre une ouverture. Notre ami la soulève pour nous laisser passer.

— C'est super !

Des centaines de petites fissures dans le plafond de la grotte filtrent la lumière du jour, qui se reflète et fait briller les pierres incrustées dans les parois des murs de la caverne.

— C'est sans doute l'endroit dont parlait l'ermite.

— C'est de toute beauté, s'émerveille Annie. Croyez-vous que ce sont des pierres précieuses ?

— On dirait, mais je ne m'y connais pas vraiment, réplique Francis.

Les aboiements de Boff nous ramènent à la réalité. Il faut trouver une sortie. Comme tantôt, l'ouverture se trouve camouflée par une grande bâche. Ce passage nous mène vers une crevasse qui donne sur l'extérieur. Boff a emmêlé sa laisse dans un arbuste qui pointe à travers la neige et le pauvre toutou attend patiemment qu'on vienne l'aider à se déprendre. Je me laisse tomber dans la neige.

— Ça fait du bien de respirer de l'air frais !

— Oh oui, acquiesce Annie en me tendant une bouteille d'eau. As-tu soif ?

— Je comprends maintenant pourquoi l'ermite disait que c'était dangereux de s'aventurer dans ces grottes. On peut s'y noyer. Vous avez vu à quelle vitesse l'eau a monté dans la première partie que nous avons visitée.

Le ciel s'est encore assombri depuis notre entrée dans les grottes et quelques flocons commencent à tomber.

Un ronronnement de moteur se fait entendre.

— Tiens, la gravière ne doit pas être tellement loin d'ici. Il me semble

L'ÉNIGME DU SOMMET NOIR

pourtant qu'ils ne doivent pas creuser en hiver.

— Je suppose que non puisque la terre est gelée, me répond Francis.

— Si on allait voir ? dis-je.

— Nous ferions mieux de regagner le refuge avant la tempête, déclare Annie.

Le géologue

Nous tentons de rebrousser chemin vers le refuge. Boff continue de s'agiter. Je le détache et je le laisse me guider. Il s'arrête devant un tas de branches et se met à grogner en creusant la neige. Je m'approche.

— Venez voir !

L'amas de branches cache l'entrée d'une grotte pas très large. On y a dissimulé une vieille motoneige sous un drap épais. Au fond, une porte en métal installée à même la roche est verrouillée avec un cadenas.

— Laissez-moi faire, nous dit Francis qui se met à manipuler la serrure.

— Et voilà, annonce-t-il fièrement le cadenas dans la main.

— Bravo! Comment as-tu fait? lui demande Annie.

— J'ai mes petits trucs, tu oublies que mon père est policier.

Avec prudence, nous ouvrons la porte et entrons dans une pièce aux murs de pierre. Je vois des braises encore tièdes dans un poêle à combustion lente dont le tuyau passe dans la roche et aboutit à l'extérieur.

— Quelqu'un est venu ici il n'y a pas longtemps, dis-je.

Dans un coin, un lit de camp disparaît sous des couvertures de laine et une lampe à l'huile assure l'éclairage, faute d'électricité. Un casque surmonté d'une lampe frontale est suspendu à un crochet sur le mur. Sur une table sont étalées des pierres de formes et de couleurs variées, un support en métal rempli d'éprouvettes, un cahier de notes, une loupe ainsi qu'un livre de référence sur les métaux.

— Je me demande à qui appartient tout ceci. Il s'intéresse aux roches en tout cas, dit Francis.

— C'est peut-être un géo... géo quelque chose, propose Annie.

— Géologue, précise derrière moi une voix d'homme qui me fait sursauter.

Pierre Laroche se tient dans l'embrasure de la porte, l'air fâché.

— On n'entre pas chez les gens comme ça, les enfants. J'espère que vous avez une bonne explication.

— Des amis doivent nous rejoindre au deuxième refuge. En les attendant, nous sommes allés visiter les grottes de l'ermite et nous avons abouti ici par hasard, dis-je.

— Et qu'est-ce que vous avez vu ? demande-t-il en détachant les boutons de son manteau.

Je remarque alors le foulard rouge et blanc autour de son cou.

— Êtes-vous... l'ermite ? interroge Francis, qui a observé la même chose que moi. Vous n'êtes donc pas mort comme les gens le croient.

— Bonne déduction, mon garçon.

— Vous n'avez rien d'un ermite, constate Annie avec son tact habituel.

— Ha! Ha! J'aime ta franchise. Je n'ai pas les cheveux ébouriffés, une longue barbe et de vieux habits, c'est ce que tu veux dire?

Mon amie acquiesce de la tête.

— Il ne faut pas toujours se fier aux apparences. Selon ta vision, je n'ai pas l'air d'un ermite et ceux qui m'ont surnommé ainsi ne croiraient jamais que je suis géologue et que je fais de la recherche dans mes fameuses cavernes.

— Vous êtes riche! s'exclame Francis. Nous avons trouvé votre caverne remplie de diamants.

— De quartz, corrige le géologue. On en retrouve dans de nombreuses roches et ça n'a pas du tout la même valeur.

— Mais vous habitez dans une grotte? s'entête Francis.

— Détrompez-vous, je ne demeure pas ici. Je suis peut-être solitaire, mais avec l'âge, j'apprécie le confort comme tout le monde. J'ai un logement dans une ville pas loin d'ici et ma chambre à l'auberge. J'étudie ce qui me passionne.

Je pense comprendre et je lui demande :

— Est-ce vous qui descendez sur la piste fermée et qui m'avez libérée hier ?

— En effet. À ce que je vois, tu as eu une bonne frousse, mais pas assez pour t'empêcher de revenir.

— Vous n'avez donc rien à voir avec le vandalisme à l'auberge et le meurtre de Germain, réfléchit Annie.

— Pas du tout. Votre gardien de nuit s'est probablement mêlé à des histoires qui sentaient mauvais et il en a malheureusement payé le prix de sa vie. Il a toujours eu le tour de s'attirer des ennuis quand il croyait pouvoir s'enrichir rapidement. Il portait encore des cicatrices d'avoir tiré sur Nouchka, la mère de Boule de poil. Des braconniers comme Germain et son compagnon auraient dû savoir qu'une maman ourse blessée qui protège son petit peut devenir impitoyable. Vous savez, les hommes font parfois de grosses bêtises pour de l'argent.

— Alors, ce sont les os de son ami que nous avons trouvés dans la caverne, fait Annie en grimaçant.

L'ermite rit de nouveau.

— Avec un petit cours d'anatomie, vous auriez constaté que ce sont des restes d'animal et non pas d'humain. Tout comme Germain, cet homme n'était pas de la région. Il était mal en point, je l'ai aidé à se relever, mais après avoir passé sous les griffes de Nouchka, il n'a pas demandé son reste. Je ne sais pas ce qu'il est devenu.

— Germain ne vous a pas reconnu à l'auberge ?

— J'évitais de le croiser autant que possible, me répond Pierre Laroche. Ces événements remontent à une quinzaine d'années, je n'avais ni barbe ni moustache à l'époque.

— Vous attendiez un courrier important hier… souligne Francis, qui reconnaît l'enveloppe remise par la réceptionniste.

— Je vois que vous m'avez beaucoup observé. Ce sont des résultats d'analyses pour mes recherches, tout simplement, continue-t-il. Je travaille actuellement pour sauver ces fameuses cavernes et pour que cet endroit devienne un site protégé. C'est difficile, car je me bats contre la bureaucratie et des gens qui ont de gros moyens financiers et pour qui l'environnement n'a pas grande importance. Ils sont en train de détruire toute la montagne. Je soupçonne quelque chose de louche, mais je dois trouver des preuves.

— Pourquoi avez-vous changé de nom? lui demande Annie.

— Simplement pour avoir la paix. Pierre Laroche, pour un géologue, c'est plus amusant que Jeff Bradley, ne trouves-tu pas?

Les aboiements de Boff, attaché à l'extérieur, interrompent la conversation.

— Nous avons de la visite qui ne plaît pas à votre chien, je crois, dit Pierre Laroche en ouvrant la porte.

— Entre, Boule de poil, viens faire connaissance avec mes nouveaux amis. N'ayez pas peur, il est doux comme un agneau.

L'ours s'approche et nous sent chacun notre tour.

— Je regrette qu'il t'ait fait peur l'autre jour, Marika, s'excuse Pierre Laroche. Il n'a pas la permission d'aller sur ces pistes, mais il m'a échappé. D'ailleurs, il aurait pu se blesser dans le piège où tu t'es prise. Ce dernier a dû être oublié là du temps des braconniers.

— Sarah nourrit Boule de poil, n'est-ce pas ?

— En effet, ce sont deux grands amis. Elle laisse du poisson pour lui dans la mangeoire et je le lui apporte. Mais j'espère que vous respecterez son secret.

— C'est promis.

L'ermite nous paraît sincère. Je consulte Annie et Francis du regard et nous décidons de faire équipe avec lui. Je sors les deux photos que je gardais précieusement dans la poche intérieure de mon manteau et je les tends à Pierre Laroche. Il les examine attentivement.

— Je m'en doutais, soupire-t-il. Cette carrière contient bien plus que du gravier et de la roche. Ils ont trouvé de l'uranium et c'est sûrement pour cette raison qu'ils veulent à tout prix s'approprier le reste des terrains.

— Reconnaissez-vous les gens sur cette photo?

Le géologue se sert de sa loupe pour mieux voir les visages.

— Je connais cet homme au centre, nous avons étudié ensemble à l'université. Il est minéralogiste. Et ici, n'est-ce pas Paul Lebeuf qui loge à l'auberge?

— Mais il se tient debout, constate Francis.

— Ou il n'a peut-être pas toujours été en fauteuil roulant, ou il est beaucoup plus en forme qu'il ne le prétend, conclus-je.

— La dame à l'arrière est l'assistante de M. Dutoit, déclare Annie en utilisant la loupe à son tour.

L'ÉNIGME DU SOMMET NOIR

— Assistante ? Elle avait plutôt l'air de la patronne des lieux quand je me suis rendu à la gravière l'autre jour. Elle n'a pas apprécié ma visite, dit Pierre Laroche.

— C'est donc elle que nous avons entendue lundi soir en espionnant avec Sarah, conclut Annie.

— Francis, as-tu la télécopie de M. Lebeuf sur toi ? J'aimerais bien la revoir.

Mon ami me tend le papier chiffonné. À force de le relire plusieurs fois attentivement, je saisis le message qui s'y cache. Si on prend une phrase sur deux, tout devient clair. J'explique ma découverte aux autres.

Blitz excavation
Monsieur Lebeuf
Le contrat est signé avec le client étranger
Quelle générosité de votre part de lui offrir le choix d'une
Première livraison jeudi au prix convenu

Une belle journée propice au change-
ment mais
Je serai au rendez-vous ce soir
comme prévu
Et lui présenterai vos cordiales salu-
tations
Ayez avec vous les images de nous
tous
Débordants d'enthousiasme à l'ouvrage

— C'est demain jeudi. On n'a pas de temps à perdre, c'est le moment de faire éclater la vérité, déclare Pierre Laroche avec excitation. Allons d'abord jeter un coup d'œil du côté de la gravière. Après, je vous ramènerai au refuge avant l'arrivée de vos compagnons.

— Il faudra ensuite avertir mon oncle à l'auberge. J'espère qu'il n'a rien signé avec M. Dutoit, s'inquiète Annie.

Marika
voit rouge

M. Laroche accroche un traîneau à sa motoneige pour Annie et moi, tandis que Francis s'assoit derrière lui. Nous approchons le plus possible de la carrière. Le paysage qui s'offre à nous est désolant: le tiers du sommet Noir a déjà été grugé par les pelles mécaniques. On a rasé de grandes sections d'arbres, ce qui laisse supposer que les travaux arrêtés durant l'hiver reprendront dès le retour du printemps.

— Vous comprenez pourquoi je me bats, nous explique le géologue. Afin de s'approprier tout l'uranium, cette compagnie ne s'arrêtera pas avant d'avoir fait disparaître entièrement les deux montagnes pour s'enrichir le plus vite possible.

Nous laissons notre engin à l'abri d'une pelle mécanique portant l'inscription « *Blitz excavation* » et progressons à pas de loup vers ce qui nous paraît être un entrepôt. Je reste à l'écart un instant, attendant Annie qui rattache un de ses lacets. Pierre Laroche se dirige vers la longue bâtisse, suivi de près par Francis. Des voix nous parviennent de derrière celle-ci d'où émergent soudain deux individus en pleine discussion.

— Fichue tempête ! dit l'un d'eux. Si la neige n'arrête pas de tomber, nous devrons retarder la livraison, ça devient trop dangereux. On ne peut pas prendre le risque qu'un des camions se renverse.

J'aperçois Francis agrippé à une vieille échelle que Pierre Laroche retient appuyée à la bâtisse. Il tente de jeter un coup d'œil par une fenêtre située en haut du mur. Comment les avertir du danger ?

— Hé ! Qu'est-ce que vous faites là ? crie un des deux hommes.

Sous l'effet de la surprise, Francis dégringole de son perchoir et atterrit sur un tas de ferraille.

— Aïe ! mon bras !

Nous avons juste le temps d'entendre son cri avant qu'un troisième homme se précipite à la rescousse des deux premiers. Les trois hommes ont vite fait d'immobiliser l'ermite et Francis.

— Attention au petit, il vient de se blesser, intervient Pierre Laroche.

— Encore vous ! s'exclame l'assistante de M. Dutoit apparaissant sur le seuil de la porte. C'est dangereux de jouer ainsi les curieux.

— Qu'est-ce qu'on fait d'eux, Julie ? lui demande un des hommes.

— Amène-les à l'intérieur et attache-les. Paul m'avait avertie qu'on aurait probablement de la visite. Occupons-nous d'abord du chargement, nous déciderons ensuite de leur sort.

Un ouvrier descend d'une camionnette et s'approche.

— Je viens d'aller voir la route. Il va falloir attendre un peu, ça ne passe pas. Le chemin n'est pas encore dégagé.

— Sapristi ! grince la jeune femme. Le chargement doit se faire avant l'aube. Le bateau quitte le port pour l'Asie à six heures.

Annie et moi restons cachées jusqu'à ce que la voie soit libre, puis nous nous approchons de la porte, l'oreille tendue pour entendre ce qui se passe à l'intérieur.

— C'est donc bien de l'uranium que vous avez découvert, dit le géologue. Ça rapporte beaucoup sur le marché noir, je suppose ?

— C'est exact, de quoi s'assurer rapidement une belle retraite, lui répond Julie.

— Pourquoi sur le marché noir ? demande Francis.

— Parce que l'uranium est radioactif et qu'il sert à la fabrication des armes nucléaires, explique Pierre Laroche. Entre de mauvaises mains, il devient très dangereux. Tu vois Francis, *Blitz excavation* n'est qu'une couverture pour permettre de creuser cette montagne sans que personne pose trop de questions, n'est-ce pas, madame?

— Quand on découvre une activité payante, pourquoi ne pas en profiter? réplique cette dernière.

— Et comment faites-vous pour le transporter sans que personne le voie?

— Question pertinente, continue-t-elle. Nos camions ont un double fond. L'uranium est placé dans des caisses qu'on charge dans la benne, puis le tout est recouvert d'un panneau en acier. Nous pouvons ensuite remplir le reste de gravier et aller livrer la marchandise jusqu'à bon port en passant inaperçus. Brillant, n'est-ce pas?

— Et le projet de M. Dutoit?

— Dutoit? Ah! Ce n'est qu'un pauvre pantin. On saura bien s'en débarrasser en temps et lieu.

— Comme vous l'avez fait avec Germain, je suppose? devine Francis.

— Celui-là ! Il s'était imaginé pouvoir nous faire chanter avec des négatifs qu'il nous avait volés.

— Vous n'êtes qu'une bande de crapules, accuse Pierre Laroche.

— Peut-être, mais nous serons bientôt très riches et rien ni personne ne va nous en empêcher, dit la jeune femme.

Annie et moi nous éloignons en direction de l'endroit d'où nous sommes arrivées tout à l'heure.

— Vite, Marika. Sors le cellulaire.

— Heu... Il est resté dans mon sac...

Annie me fusille du regard.

— Cette fois, on est dans un beau pétrin.

— Nous devons nous rendre au refuge. C'est notre seul espoir pour l'instant, dis-je en entraînant mon amie jusqu'à la motoneige.

Heureusement, les clés sont toujours dans le contact.

— As-tu déjà conduit un tel engin ?

me demande Annie d'un air inquiet en s'assoyant derrière moi.

— Jamais. Mais ça ne doit pas être si compliqué. Cramponne-toi et ferme les yeux. Je mets le moteur en marche. La motoneige part d'un grand coup en nous faisant basculer vers l'arrière.

— Hiiii… ! Marikaaa… !

— Tiens-toi bien et cesse de crier.

À la façon dont Annie s'accroche à moi, j'aurai sûrement des bleus avant la fin de cette randonnée.

La tempête s'intensifie et la neige a déjà effacé nos traces de tantôt.

— Je n'y vois plus rien, dis-je.

Je m'inquiète pour Francis. Nous devons absolument le sortir de là. Je contrôle du mieux que je peux la vieille machine à travers la forêt sans savoir si je me trouve dans un vrai sentier. En voulant éviter un arbre, je fais soudain une fausse manœuvre et les skis de notre véhicule s'enlisent dans la neige. Malgré nos efforts, nous n'arrivons pas à nous dégager.

— Il va falloir continuer à pied.

Découragées, nous avançons en enfonçant jusqu'aux genoux.

— Il fait noir et nous nous sommes égarées, sanglote Annie.

De temps en temps, nous appelons Boff dans l'espoir de l'entendre aboyer. Nous l'avons laissé attaché dans l'entrée de la caverne de M. Laroche avec Boule de poil enfermé à l'intérieur. Nous ne pensions pas nous absenter si longtemps.

Fatiguée, je jette un œil à ma montre. Dix-huit heures. Il y a près d'une heure que nous devrions être au refuge. Ils vont sûrement nous chercher et Carole va être morte d'inquiétude. On dirait que la tempête se calme et que la neige diminue. C'est toujours ça de gagné. Je commence à chanter à tue-tête pour me donner du courage.

— Chut ! Marika, tu entends ? me demande Annie.

Un bruit de moteur se rapproche de nous. C'est une motoneige. Enfin, du secours. Nous faisons de grands signes avec nos bras et notre sauveteur, portant casque et lunettes, s'arrête bientôt près de nous.

— Nous devons nous rendre au refuge, c'est urgent, dis-je en reprenant courage.

Sans s'identifier et sans découvrir son visage, il lève le pouce pour acquiescer et nous fait signe de monter. C'est probablement un des patrouilleurs de pistes qu'on a averti de notre retard. Épuisées, nous montons derrière lui et il remet le moteur en marche.

Si mon sens de l'orientation est bon, nous allons dans la direction opposée au refuge et nous retournons plutôt vers la gravière. Je tape dans le dos du conducteur et je lui demande en criant très fort où nous allons.

— Chercher vos amis, répond-il.

Comment sait-il que nos amis sont là-bas ? Au moment où je me pose la question, mon regard se pose sur ses bottes, que je reconnais aussitôt. Ce sont des bottes de cow-boy. J'ai peur tout à coup.

Quand nous atteignons la gravière, la neige a presque cessé. Nous descendons de l'engin et notre chauffeur enlève son casque. J'avais vu juste.

— Vous! s'exclame Annie. Mais vous marchez?

— J'ai pris du mieux, il faut croire, réplique Paul Lebeuf en riant.

— Expliquez-nous... balbutie Annie.

— Donnez-moi les négatifs.

— Quels négatifs? répondons-nous en même temps.

— Ne faites pas les innocentes. Le photographe du village m'a dit que vous les aviez fait développer.

Il s'empare de l'enveloppe que je lui tends et au moment où il la glisse dans sa poche, je remarque qu'il manque un bouton à son manteau. Un gros bouton noir exactement comme celui que j'ai ramassé l'autre jour dans le hangar. Je comprends tout à coup que c'est lui le meurtrier et qu'il n'hésitera pas à faire d'autres victimes pour arriver à ses fins.

— C'est vous qui avez tué Germain, dis-je sans réfléchir. Nous avons des preuves contre vous.

L'homme change soudain d'expression. Nous nous apprêtons à faire une tentative pour nous enfuir quand il sort une arme de sa poche.

— Assez joué, vous nous faites perdre du temps et vous en savez beaucoup trop. Dommage pour vous, d'ailleurs.

À l'aide du canon de son pistolet, il nous pousse vers l'entrepôt. En entrant, j'aperçois Francis et M. Laroche ligotés à une poutre, la jeune femme de tantôt distribuant des ordres à la ronde.

— Paul, enfin! dit-elle en nous voyant entrer suivies de M. Lebeuf. Encore des visiteurs?

— Oui, mais cette fois, je crois que c'est complet. On les laissera ici, autrement ils vont tout faire rater.

— Qu'as-tu fait de ton infirmière? lui demande-t-elle ensuite avec une pointe d'ironie dans la voix.

— Je lui ai simplement laissé son chèque de paie dans sa chambre, avec une note pour la remercier de ses services.

— Vous êtes stupides ! s'exclame Annie. L'auberge va envoyer du secours dans la montagne pour nous chercher.

— Oui, dans la montagne, mais avant qu'ils viennent jusqu'ici, ça risque d'être long.

Les idées se bousculent dans ma tête. J'espère que Sarah a eu le message que j'ai laissé dans sa chambre ce matin. Si oui, les secours ne devraient pas tarder. Il faut essayer de gagner du temps, sinon... ça va vraiment mal aller.

— Les camions sont prêts, Julie, annonce un homme qui vient d'entrer. Le temps s'améliore, on devrait pouvoir passer d'ici peu.

— Parfait. Faites disparaître tout le reste du matériel et mettez-vous en route. Paul et moi réglons quelques derniers détails et nous vous suivons en camionnette.

Julie se met à appuyer sur les différents boutons d'une grosse machine, pendant que Paul m'attache avec Annie.

— Ça va chauffer et dans quinze minutes, boum! Mais nous, nous serons déjà loin; ça va passer pour une explosion normale à la gravière et nous pourrons reprendre le creusement au printemps. Il semble que Dutoit ait réussi à convaincre l'aubergiste et qu'ils se rencontreront la semaine prochaine pour signer un contrat. Tout va bien.

Ils s'apprêtent à sortir quand la porte s'ouvre d'un grand coup, laissant apparaître une Agathe Patenaude transformée, revolver au poing, accompagnée de deux policiers.

— Jette ton arme, Paul Lebeuf, et les mains en l'air, ordonne-t-elle. Tu es coincée, Julie Blitz, continue-t-elle en s'adressant ensuite à l'assistante de M. Dutoit.

Cette dernière se prépare à lui faire faux bond, mais en deux temps trois mouvements, elle se retrouve sur le dos, terrassée par Agathe Patenaude.

— Agathe ? Mais... bégaye Paul Lebeuf.

— France Gagnon, officier de la GRC et ceinture noire en karaté, réplique-t-elle. Surpris, mon « cher patient » ?

— Il faut sortir d'ici, s'écrie Annie, ça va exploser !

Il ne reste que cinq minutes sur le cadran. France Gagnon sort avec les deux bandits. Après nous avoir déliées, les policiers s'affairent autour de M. Laroche et de Francis, qui est de plus en plus souffrant. Je cours au panneau de commande. Comment faire pour arrêter cette minuterie ?

— Marika, appuie sur le bouton vert, me crie M. Laroche, vite, le vert !

Tout se passe alors en une fraction de seconde. J'appuie sur le bouton rouge en cessant de respirer et en croisant mes doigts. Tout le monde garde le silence pendant que le mécanisme s'arrête. Ouf ! Quel soulagement !

— Mais Marika, il n'y avait pas de bouton vert... Comment as-tu su qu'il fallait appuyer sur le rouge ? demande Annie encore toute tremblante.

Je lui explique à voix basse que d'après les indications données par l'ermite pour se rendre aux grottes, j'ai compris qu'il est daltonien. Il inverse donc le vert et le rouge.

M. Laroche aide Francis et nous quittons l'entrepôt tous ensemble.

Le calme après la tempête

À l'extérieur, les voitures de police ont intercepté les camions et leurs occupants, menottés, attendent qu'on les emmène. Soudain, un bruit nous fait lever la tête. Un hélicoptère s'approche et vient se poser non loin de nous en déplaçant beaucoup de vent. L'oncle Thomas en sort accompagné de Sarah, de l'enquêteur de la police vu à l'auberge l'autre jour ainsi que de Georges Dutoit.

— Est-ce que tout le monde va bien ? s'enquiert l'oncle d'Annie en accourant vers nous.

— Oui, à part Francis. On dirait qu'il a le bras cassé, répond Annie.

— Comme vous nous avez inquiétés, les enfants.

Sarah est très fière d'avoir accompli sa mission et que tout se termine bien. Je m'approche d'Agathe Patenaude.

— Vous n'êtes donc pas infirmière, lui dis-je.

— Oh non, répond cette dernière en riant. Nous filions Paul Lebeuf depuis un certain temps sans qu'il s'en doute, car nous le savions mêlé à des histoires louches. Il avait besoin, m'a-t-il dit, d'une prétendue infirmière pour l'accompagner dans une auberge où il devait se faire passer pour un handicapé pour régler des affaires importantes. Il payait ma chambre et mes repas en plus de me verser un salaire. Mes patrons m'ont dit d'accepter pour pouvoir le surveiller de plus près. Il me croyait niaise et je jouais à fond mon personnage. Mais il ne savait pas que notre rencontre avait été planifiée d'avance et qu'il était tombé dans notre piège. Nous étions également sur les talons de Julie

Blitz, la fille unique de Jonathan Blitz. C'est elle qui gère les affaires de son père depuis que celui-ci s'est réfugié aux îles Fidji pour échapper au fisc canadien.

— Où sont Carole, Simon et Laurent? demandé-je à l'oncle Thomas.

— Ils devraient être de retour à l'auberge avant nous. Nous les avons avertis par cellulaire. Ta mère était dans tous ses états, Annie. Vous avez pas mal d'explications à nous donner, mais pour l'instant, rentrons.

C'est super *cool*! Nous retournons à l'auberge en hélicoptère. C'est vraiment impressionnant. À notre arrivée, Carole est tellement heureuse de nous voir qu'elle en oublie de nous disputer. Francis, conduit à l'hôpital, revient un peu plus tard avec le bras dans le plâtre. Je le soupçonne d'en rajouter un peu pour avoir le plaisir de se faire dorloter par Annie.

Nous terminons la soirée au salon où les questions fusent de partout et, sans nous faire prier, nous y répondons avec plaisir.

L'ÉNIGME DU SOMMET NOIR

— Tu savais conduire une motoneige, Marika? me demande Laurent avec un petit air admiratif.

— Presque autant que de faire de la planche à neige, dis-je en éclatant de rire.

Le lendemain, l'auberge grouille d'une activité inhabituelle. Les clients, inquiets hier, sont maintenant fiers d'être au centre de l'intérêt des curieux et des médias. Enquêteurs de la police, inspecteurs de l'environnement et journalistes se côtoient pour rassembler le plus d'information possible, chacun dans son domaine.

De longs plans entre les mains, M. Dutoit est de nouveau en discussion avec l'oncle Thomas. Homme d'affaires honnête, il est vraiment frustré de s'être fait berner par ses prétendus associés.

— Julie Blitz et Paul Lebeuf croyaient avoir trouvé une façon de s'enrichir rapidement, explique France Gagnon, alias Agathe Patenaude, en réponse à un journaliste. Ils étaient même prêts à tuer pour arriver à leurs fins. C'est ce qui est arrivé au pauvre Germain lorsqu'il a voulu intervenir dans leurs projets. Nous avons tout lieu de croire que c'est Julie Blitz qui a mis le feu au hangar et que Paul Lebeuf se chargeait de faire du vandalisme. L'enquête devrait apporter des réponses à toutes ces questions.

Ce soir, au souper, assis à la table voisine de la nôtre avec Georges Dutoit et Pierre Laroche, l'oncle Thomas demande le silence, puis propose un toast pour célébrer leur association à tous les trois dans un projet récréo-touristique incluant l'auberge, la station de ski ainsi que les grottes, qui seront protégées. Et, à la demande de Sarah, Boule de poil deviendra la mascotte de l'endroit.

Prenant ensuite la parole, M. Dutoit nous décrit les grandes lignes du projet. Il s'agit de construire des chalets et quelques condos en respectant le style de l'auberge et l'environnement. On apportera des améliorations aux installations déjà en place. On ajoutera de nouvelles remontées mécaniques plus modernes ainsi qu'une piscine et des terrains de tennis. Un centre d'interprétation de la forêt fera aussi partie de l'ensemble qui comprendra, bien sûr, tous les sentiers pour la randonnée pédestre et le ski de fond.

Le géologue nous donne ensuite plus d'explications au sujet de l'uranium et de ses dangers.

— Au Québec, on trouve une formation géologique relativement rare nommée carbonatite qui est riche en uranium. La carbonatite s'est formée par des éruptions volcaniques souterraines survenues il y a une centaine de millions d'années. Elle forme une composition minéralogique unique très recherchée. L'attrait de la bombe atomique pousse certains pays à payer des fortunes pour s'en procurer. Cet uranium, continue Pierre Laroche, présente un grave danger pour l'environnement, car il s'en dégage un gaz radioactif nocif pour l'être humain. La Direction de la santé publique va rapidement entreprendre des recherches pour circonscrire les zones à risques. En ce qui concerne la montagne Blanche et le projet récréo-touristique, la distance avec la gravière nous garantit qu'il n'y a pas de danger.

Après toutes ces bonnes nouvelles, un vent de bonne humeur souffle sur la salle à manger et le souper se poursuit dans l'animation. Tout le monde parle en même temps, quand Cathy se lève à son tour et déclare :

— La surprise qui va suivre veut souligner l'extraordinaire bravoure de quatre jeunes à qui nous devons pour une grande part l'heureuse conclusion des récents événements. Bravo à Marika, à Annie, à Francis et à Sarah !

Soudain, les lumières s'éteignent et les serveurs entrent en soutenant sur l'épaule de magnifiques gâteaux Alaska qui flambent le temps d'arriver aux tables.

Les lumières se rallument, les gens applaudissent... Je souris à mes amis et je croise le regard de Laurent, invité à notre table. Le temps s'arrête, c'est un moment magique.

Le lendemain matin, debout dans l'entrée, nous accueillons nos parents qui viennent nous rejoindre pour le week-end.

— Mon pauvre Francis, s'inquiète son père en l'embrassant, que t'est-il arrivé ?

— Oh, juste une mauvaise chute.

— Avez-vous été sages, au moins ? demande ma mère.

— Nous ? Bien sûr, dis-je d'un air innocent.

— Comme toujours, rajoute Annie.

— C'est bien ce que je craignais, réplique mon père. Allez, venez, vous devez en avoir long à nous raconter...

Table
des matières

1. En route pour l'auberge!   7

2. Des suspects sur la liste   21

3. Boff donne l'alerte   35

4. La méfiance règne   43

5. Les indices s'accumulent   53

6. Prise au piège   71

7. Les grottes de l'ermite   87

8. Le géologue   99

9. Marika voit rouge 111

10. Le calme après la tempête 127

9-11 ANS

Dans la même collection

Alias agent 008
Alexandre Carrière

Le Calepin noir
Joanne Boivin

Clovis et Mordicus
Mireille Villeneuve

Le Congrès des laids
Lucía Flores

*L'Énigme du
sommet Noir*
Lucia Cavezzali

*Fierritos et la porte
de l'air*
Lucía Flores

Le Fou du rouge
Lili Chartrand

L'Idole masquée
Laurent Chabin

Le Mystère du moulin
Lucia Cavezzali

Opération Juliette
Lucia Cavezzali

La Planète des chats
Laurent Chabin

La porte, les mouches !
Mireille Villeneuve

Le Trésor de Mordicus
Mireille Villeneuve

Une course folle
Cécile Gagnon

Une tonne de patates !
Pierre Roy